村庄里的另一群人

韩瑞莲 著

中国友谊出版公司

图书在版编目（ＣＩＰ）数据

村庄里的另一群人 / 韩瑞莲著 . -- 北京 : 中国友谊出版公司 , 2024. 10. -- ISBN 978-7-5057-5993-0

Ⅰ . I267

中国国家版本馆 CIP 数据核字第 2024VA1579 号

书名	村庄里的另一群人
作者	韩瑞莲
出版	中国友谊出版公司
发行	中国友谊出版公司
经销	新华书店
印刷	北京世纪双业印刷科技有限公司
规格	787 毫米 × 1092 毫米　16 开
	13.625 印张　100 千字
版次	2024 年 10 月第 1 版
印次	2024 年 10 月第 1 次印刷
书号	ISBN 978-7-5057-5993-0
定价	58.00 元
地址	北京市朝阳区西坝河南里 17 号楼
邮编	100028
电话	（010）64678009

序

王升山

　　一直以来我都把在区县文联工作的同志看成是自己的同事，认识韩瑞莲时她担任昌平区文联副主席，因此我与她的交往就多了份尊重。2019年北京老舍文学院举办散文创作高研班，作为作者，她被昌平区文联推荐并成为班上的学员，从那时起我们的关系又多了层文学创作的交流。这次她的新书出版请我代序，作为同事和当时文学院的组织者，我欣然答应，希望能助力她更快地发展。

　　当年教阅读的老师曾告诉我们，读书一定要从序开始，因为一本书成序的原则首先是作序者对书的理解，他会提纲挈领，对书籍的主题、内容、作者以及写作背景有一个深入的介绍，这有助于读者从整体上把握这本书的脉络和作者想要传达的信息。另外，作序者还会介绍这本书的独特之处，会为读者提供些背景信息，这有助于读者更好地理解其内容和价值。想起这些我又有了些压力，希望我能在而后的文字中满足读者的期望。

　　第一次见到瑞莲是在2008年，那时她刚调入文联担任领导职务，见面之初我并不确定她在而后的工作中会选择与我一样的文学创作，这是由文联多种文艺团体工作的复杂性决定的，特别是在此之前她是从乡镇调上来的干部。不过她也有从事文学的优势，那就是很早她就在昌平电视台工作，从事过新闻采访、编辑工作，而且由于工作出色，还担任过新闻部副主任、主管新闻的副台长，从这可以看出她的工作能力和文学的潜质。1997年由她编导、主持的电视专题栏目《昌平百姓故事》获北京市优秀栏目奖。后来她还获得过北京市第十届优秀新闻工作者称号。这些骄人的成绩让我对她从事文学创作有无限的期待。

从事文联工作动笔搞文学创作，是有心人为自己建构新的工作环境的机会，瑞莲正是抓住了这个机会，让自己蜕变为一名称职的专业干部。多年来我陆续读过瑞莲的很多作品，见证了她成熟的过程，用她自己的话说，"从小就喜欢文学也从未离开过文学，一路走来都是和文学牵着手。还好，工作不负有心人，组织就那么贴心地把我安排到了文联工作，也使我有了大把的机会和作家老师们交流创作。特别要提的是2019年北京市文联老舍文学院组织散文创作高研班，我有幸参加了散文班全部课程的学习，这也让我的创作从感情的自然书写，来到了一个以创作为前进目标的起点上，从此我的创作又上了一个新的台阶"。

瑞莲的创作始终站在家乡这个基本盘之上，读她的作品，我们不必追寻世界的广大，而只是找到那一隅，她的家乡，在那里看草看树，看山看石，就能完成一览众山小的愿望。她爱家乡、爱亲人、爱自己，这是文学生成的基础，她的每篇作品都紧紧围绕着家乡，家乡集合了她文字的所有源泉，从而生发出更多的思考与想象，让她作品中的美给人一种扎实感，有地气更有烟火味，这也感染我对她产生了敬意。扎根于斯，书写于斯，而她家乡的一切就像种子一样在她的文字里生根开花，并结出篇篇优美的文学作品。

瑞莲的家乡我去过，燕山脚下，草木葱茏，繁花似锦，果木成林，那里应该是北京的深山区了，村的北面就是著名的古村落长峪城，一山之隔是河北。仁者乐山，瑞莲的性格是否合了这说法，我更愿意她是。大山不仅阻断了对山内外的交流，也阻断了瑞莲初时情感的外延，这让她的情感不仅停留在这块土地上，而且深深地扎根于此，激发出异样的光彩。当然这也造就出瑞莲独有的世界观，即便是那些书写山外的文字最终也要回旋到她的家乡。她文章中的人、物、草、木、山、石，都必定是她的宝藏，或悲或喜，或爱或怨，都化作故事，传神般地展现在眼前，让人感受到她内心不一样的世界，感受到她与草木山水间的亲密。

瑞莲的散文主题集中体现在她对自然的理解，从自然的生命中去寻找生活的真谛，她的每篇作品都明确着这样的主题，不管是爱情还是亲情，不管是言志还是放歌，都体现出一种真诚的对自然生灵的爱，对亲情美好的赞美，及她与现实的和解。"自己虽不能像蜜蜂那样酿出甜美的荆花蜜，但却能时时吮吸牡荆的山野气，提醒自己也是家乡山里的一株植物而已。"这样的文字贯穿在她创作的每个阶段，成为她文章的灵魂和创作的主题，而这一切也决定了她文章的高度。

对家乡的特别"关照"使瑞莲的散文形成了一种别于他人的风格，这风格里有一种对人情的特别理解。文学不只是美文，瑞莲当然追求的是文字背后的思考。慢慢品读她作品，我们会逐渐理解她的用心。这部集子的第一篇作品《我是你树上的一朵花》，写的是瑞莲和爱人间的关系，"他说：我是你心灵上的一棵树，你就是那树上的一朵花'"。这话不只是情感的简单外露，还带出了我们不擅长的哲学思考，"我就是你，你还是你"，有意思的句式，也让我们在禅意中徘徊。这是瑞莲创作逐渐生发出的一个特点，一句话带出了你、我、树、花和心境，但这只是文字，其实那里面放着她的世界和她全部的情悟。

和瑞莲接触多了，总会感到她身上那因工作而带出的干练，她的散文也是这样，她的文字，干净利落不拖泥带水，即便抒情也能节制，即便议论也不喧嚣。我特别喜欢她那些关于自己成长的文字，那文字有感恩、有亲情、有怀念、有异想天开、有无拘无束，谐谑欢快，让人愿意走入她的花样年华，也愿意让自己的脉动与她一起共舞。当然我还特别注意到她文字的变化，成长的过程都会有得有失，文学创作让她的细腻与温柔随着年龄逐渐发芽，而她的文字也开始有了节奏的把控，这一切都让她的文章涌动出勃勃生机。

瑞莲的文集有多篇关于女人的自认，也有些小情小调。"春天的雨淅淅沥沥绵绵如线，在屋里看到的春雨是断断续续的滴滴点点，似有似无的轻歌曼舞，有些许迷茫的朦胧，那就在爱尔兰的咖啡里加点白色的细糖，让咖啡有点淡淡的甜，变得柔和亲近贴心，咖啡的热气蒸腾与飘窗外的春雨的朦胧相得益彰，有了完美的契合……"一个高雅女性该有的气质在她的文字里充分地表现，这又怎么不是她现在的生活状态呢。女性意识的觉醒表现在方方面面，瑞莲的这种孤芳自赏也是一种，不急不躁，不对抗，寻求一种自我的雅致，用对精致生活的理解赢得社会的尊重。

瑞莲在老舍文学院散文高研班进修后，她的文学之路进入到一个新的阶段，关注开始由点到面，认知也由量向质跨越，思考问题的角度更加独特，她不再是自问自答，也不再满足于既有的答案，她开始寻求事物发展的底层逻辑，这让她的文章更加知性，有了回味和嚼劲。我特别喜欢她这部集子中的最后三篇。《天赐普洱，万物有灵》这篇散文好是因为我认为它是一篇标准的游记类散文，没有瑕疵，可作为样本来摹写，当然这还不是最重要的，更好看的是她真的把普洱和茶写活了。《用身体阅读身体》这是一篇借用文学的形式来观照自己的作品，自己其实是自己的一面镜子，在镜子面前不断地检讨和修正自己，用文学来思考，给自己做个总结。读《陷落在风景中》，你一定能发现那些作品中的物与事曾经在她过去的作品中出现过，但你又随即否定，那些事与物早已不是先前的那些，她赋予了它们新的生命和形象。总结两句，我认为这三篇让我感到她在慢慢离开她过去熟悉的那些，她不再为文学而文学，走出因寻的羁绊，任由想象在文字间跳跃，以此构建起自己新散文的世界。

　　这本散文集应该是瑞莲的创作回顾和阶段性总结吧，因为这里面的文章跨越了她创作的整个阶段，从中我们看到了她的进步，也感受到她的成熟，如果换一种认知，其实这也是她创作的新的开始，既然是这样，那我就祝福她吧，因为按照我的要求，这才开始进入她创作的黄金时期。

2024 年 6 月 26 日于北京

目　录

三　村庄外的他们

一　村庄里的人们

　　我为什么要建设一座花园？脏兮兮的泥巴、湿漉漉的露水、可恶的大蚊子、惊悚的两条毒蛇，都不能阻挡自己的执着。我喜欢走在去往花园的路上，急切、盼望、未知、愉悦。现在，我与花园一周见一次面，一次两天。我喜欢站在、蹲在任何一种植物的身边，给它们浇水、剪枝、修型、整理杂草。一年三季给它们拍照，记录它们的成长过程。在花园里，我有做不完的事情。冬天过去，春天来。花园来了，我也来。

我的花园——瑞园

我是你树上的一朵花

他说："我是你心灵上的一棵树，你就是那树上的一朵花。"那树是怎样的一棵树？它是怎样生长起来的？那花是怎样的一朵花？是美丽的还是快乐的？

我的家乡有许多老核桃树，是本家的几位爷爷栽种的，从一棵小树苗，历经一百多年，树长得高高大大的，枝枝杈杈蓬蓬杂杂地伸展着，一百多个一年四季站立在那里站成了村里的百年风景。那树，有根有枝有叶，春天的时候还有绿色的花。山里的地有泥有碎石，又缺水多旱，根扎在地下，一定是弯弯曲曲地延伸，也不知道它哪里来的力量，强硬地固执地与瓷实的泥土较劲，无论你多僵硬多坚实多森严壁垒，它都不气馁，就要顽强地延伸，即使弯曲也要挺进，即使暂时停息也要向前，没有止境，它的追求不会因为枝丫蓬勃了，叶绿了，花开了，就停止。因为那是它的品格：扎得越深越牢固，走得越曲折越自豪，拼得越狠越顽强。因为那是它的追求与愿望：让树干更粗壮更精悍，让树叶更亮绿更有生机，最后好把自己的精髓输送到枝头的鲜花上，看那花儿自由自在于风中飘摇着美丽。根用自己的实力与信念战胜并稳固住了泥土，深深地扎在泥土的心上，一扎就是个百年。根这样的努力这样的深入，让我想到：他多年风里雨里的追逐不舍，他的爱恋也总是钻心钻肺的执着，像根一般扎实，扎得你没处躲没处藏。那根是树的也似他的心。

百年核桃树，树的主干趋近黑褐色，有些泛白，皮苍老淳厚，有两三厘米厚，中间有许许多多的曲曲折折的纵深沟壑。有些树干要两个人合抱，树有三层楼那样高，主干上繁衍有次干、侧枝及细小的短枝，互相搭搭接接牵牵扯扯，看着有些凌乱但不失规整，像人体的经络。家乡是北京海拔最高的山区，山风非常大非常硬非常野，在凛冽风蚀下，那树是怎样经过千百次刀刮斧刻挺过来的，可以想见非同一般。从幼小纤弱到一个个年轮的成长，它把干扰、错乱、利诱、打击刻在了心里，而呈现给世人的是由单薄到粗壮、由细嫩到成熟、由胆怯到从容，裸露出的是俊俊朗朗结结实实、筋筋骨骨经经络络的躯干。正是那样的挺拔才擎得起满树的丰厚与茂盛，才经得住野风的侵袭、冰雪的打压以及叶与花的癫狂飞舞。那躯干是百年练就的，怎个了得！那躯干是树的也是他的，他能用那躯干撑起我的全部世界。

春天来了，核桃树也一样有春天的梦。大地回暖时节，核桃树枝先是冒出嫩芽，形状有点像香椿的样子，随后逐渐长大。树枝上会慢慢地吐出长长的粗粗的毛毛的绿色的穗子，那就是美丽的核桃花，比起海棠花、桃花、杏花，她没有那样艳丽，也不招人眼，甚至妈妈从来没说过核桃树也会开花，她却每年依旧盛开，自自然然坦坦荡荡大大方方的，不羞怯不扭捏不惧怕，她就是那样有人看没人看的，都要从树的怀抱里探出身子来，在春天里挺起胸脯伸展腰肢，左瞧瞧右赏赏，尽情迷离山间一派春色。她的身段比桃花修长，她的眼神比樱桃花幽深。核桃树的叶是绅士的，核桃花开的时候，它在花的身后，一点也不高大，等核桃花谢了它才出场，它是要把精彩让花尽情展示，等那花玩够了，它才肯大摇大摆地登场。那叶是树的也似他的肢体。人们喜欢春天，春天里核桃会开花，他要的就是这个。

与别人聊天时，我常说，我小时候有点野，经常放学回家就爬上核桃树，在春天的树枝头吮吸树枝流出的一种甜甜的香香的黏液；夏天拿着喜欢的吃食，到树上的浓荫里边吃边听蝉声的嗡鸣；秋天在树上找个自己喜欢的枝杈颤颤悠悠地一坐，拿着哥哥做的核桃刀，剜核桃仁吃，一剜就是一小袄兜儿。那个自在那个神气那个满意！那核桃树怎么给我那么多的快乐呢？与它怎么那么有缘呢？

每次回老家都能看到核桃树，树活得很健壮，但核桃树给予我的快乐却一直是儿时的记忆，因为我已经不能爬上爬下像儿时那样玩耍了。直至他说："我是你心灵上的一棵树，你就是那树上的一朵花。"我才明白我与核桃树的缘分像渊那样深、像源那样长，那个自在那个神气那个满意的小丫头原来是核桃树上的一朵核桃花。他是那棵核桃树，核桃树是他，一直存活着，那个小丫头颤悠的梦一直在他的奇思妙想里快活，现在他来到了小丫头的身边，他要让小丫头现在变成大女人的这朵"核桃花"百年千年美丽着呢。我愿意！

2009 年《海内与海外》第 5 期

夏·雨·翠

　　7月的天总是雾气蒙蒙,阴沉起来就没完没了。那雨今天下点,明天又下点,一路下来,就把整个的7月天占得满满的。在这样的天气里,我感觉有南方的味道,雾气缭绕阴热潮湿。家里衣柜发霉,粮食袋儿里的小虫子到处飞跑,女人的内衣没了阳光的照耀而散发着阴湿的气味,就连农村家里的收音机由于返潮声音也变得吱吱哑哑断断续续。好像夏天没给人多少快乐,麻烦倒是非常多,心情也好不到哪里去似的。

　　夏是四季中的一季。我喜欢北方的天气,虽然夏天燥热,但那分明的四季,却着实让我感受到变化着的快乐。春天万物复苏鲜花烂漫,经过冬天的寒冷,春天的温暖格外亲切,暖得让人心痒痒的。就在这难以忍耐的痒里,饱满的种子让人丢进肥沃的田野,在春天的阳光雨露下顺着自己的愿望生长,直至有了青春的模样。但要成熟,那是非得有个夏天的。夏是把年轻孕育成熟的过程。孕育是多美的词汇啊,没有母亲的孕育哪里有我们呢?没有天地的孕育哪里有世上的万物呢?在夏时乡下的夜里,你能经常听到玉米拔节吐穗的声音吱吱脆响,池塘里的青蛙肆无忌惮、欢快自由地鸣唱,山谷里的布谷鸟时断时续地呱呱呼唤,在那样的静寂里你仿佛还能感受到农舍小屋里孕妇肚里的孩儿也在偶悦地伸腿伸腰的舒畅。整个夏就是在那样的温度中度过的,温度更高的爱让世上万物在孕育中蓬勃旺盛，自由、自然、自在，爱就那样延续着，夏延续着春的暧昧。

喜欢两种饮料：茶、咖啡。茶树、咖啡树都喜欢生长在海拔高且雨水充足的山区，那些地方常年雾气潮潮氤氲环绕的，这让我想到夏以及夏的雨水，不知道在阴雨绵绵里他们做了些什么呢？夏天是炎热的，伴随着炎热的往往是夏的阴雨。夏的雨一旦下起来就往往没个了结似的，夏与雨紧密相连，那样多的雨，为什么呢？春天的雨是润物用的，绵绵的细细的，雨下过后，天就会放晴，不会遮遮掩掩，雨是适量的，够用就得的。而夏的雨来势就不那样简单，不是阴云密布雷声隆隆大雨滂沱的，就是阴雨连绵遥遥无期的，再或是星星点点断断续续腻腻歪歪的。无论怎样，夏的雨，都是要充足充沛的量多量大的且不会泛滥成灾的。在那充沛丰足的雨水里，世上的万物情感都在变化。那时，雨后的夏夜清爽美丽被暮色笼罩着，山村的山峦与屋舍被树木的遮掩变得幽暗湿漉漉，又泛着一些墨绿的光亮。城市的道路则越加干净整洁，路两旁的树木鲜花不再情绪低落，枝叶伸展微笑无声，就连那成排的路灯也越发明亮，与地面湿雨的反光和行驶在路上的汽车尾灯交汇融合，城市的街道仿佛成了橙黄色光亮的河流，熠熠生辉的。这个世界在刚过去的春的背景下变得丰满充实。一次一次的雨，一次一次的润湿，一次一次的滋养，雨给夏带来了情感的升华、性情的深入、生命的成熟，孕育啊！夏的热烈，夏的阴雨。

"雨后春容清更丽"，而夏的雨后、夏正在孕育的状态呢？翠！翠的浓，翠的厚，翠的亮，翠的精。不是吗？在夏日的连阴雨天后，看看稚嫩的柳叶是不是已经繁衍成团团的翠柳云烟；花褪残红的小杏也仿佛在一夜，墨绿的枝叶中橘黄仁满；山峦中的沟沟岔岔也不再是远山的一抹绿色而是排山倒海翠浪翻滚，野百合、野菊花、荆条花这样的小花点缀其间，红的黄的紫的衬托得那绿更翠，翠得幽幽荡荡翠玉横流。再看那，山间小院被房前屋后的黄瓜架、豆角架、倭瓜秧、韭菜、西红柿园，核桃树、杏树、苹果树，各式各样的翠绿包围，站在院子里满眼翠色，那样的烈、那样的重、那样的熟，整个山村就是一块色泽光鲜纯净剔透的玉翠。夏的雨是为翠而来而生的吗？生机的翠，蓬勃的翠，寡淡而又清冽的翠。翠得是那么有模有样，有根有底，果敢豪气，"众望"所归。也只有夏才有那样的雨，且才会繁衍出那样的翠。

翠，多好啊！这时，我耳边好像有人在轻声呼道：我的翠儿……

2008 年 7 月 31 日《中国建材报》

你有几双翅膀可以拥抱

　　自己有几双翅膀，可以尽情地拥抱着自己的喜欢自己的爱到老！

　　我有一双女人的臂膀，当它在做饭、洗衣、打扫卫生及进行更多的劳作的时候，它是生活不可或缺的运动肢体，是它帮助自己完成并获得了宝贵的物质财富，满足了生活点点滴滴的需要。但唯独当它萌生了心灵的欲望，它便自动地伸展，可以像舞蹈演员一样舞动飘摇，扬起、收拢、向左向右、上上下下地灵动翩翩，像鸟儿翅膀样扇动滑翔。一个一个动作连接成优美的舞姿，诉说着肢体的向往与期望，如青春的少女、像春天的杨柳、似荷塘的苞蕾，蓬勃旺盛水灵，洋溢着春日的信息，土地暄软湿润的味道，河流鼓胀的喧嚣。每当这双翅膀想要这样舞蹈的时候，我都欲念着它会触碰接受交叉到另一双臂弯里，享受那细触碰的精致、缓慢接受的靠近、交叉相拥的急促，几经离开几经触碰的引诱摩擦着彼此心的柔软，仿佛挂满朦胧露珠的两片绿叶相贴便淌出湿漉漉的水滴，滴落干燥的土地；那看似已经接受的靠近，却不失时机地再次推挡开去，就是为了反复印证心的那段刻骨希冀；臂膀揽拥彼此入怀，两颗心贴得怦怦震动，两只臂膀便自动相接婉转出探戈的舞姿也表达出探戈心底的秘密。那时候自己会变得贪婪，贪念在一种浓浓的意境里，舔食拥抱的气息，吞并爱恋的深意。

　　我有女人的红唇和牙齿，吃饭、咀嚼、品饮的时候，它们满足了我美食美味的需要，给我生命填充营养，延长我生命的岁月。

但唯独当它到了青春的年龄，它便在寻找爱慕的异性的同时，有了它羞涩的颤抖红润的饱满；当它寻觅到了它的需要的时候，它就跃跃欲试紧紧张张，关闭咬紧，哆哆嗦嗦战战兢兢；当它确认可以信赖可以喜爱的时刻，它会慢慢地打开，摩挲徘徊在另一双唇峰上，不大的四片叶子纠缠流淌着蜜的汁液。从那时候起，那双唇就似两片震颤扇动的翅膀，扇动出一生一世的甜言蜜语拥抱呵护着另一个生命的双唇及它发出的各种信息，并用坚固的牙齿坚定出这样的信念。那信念就不自觉地一年一年执着地流淌，流出了岁月的年轮，鬓角的白发，儿孙满堂的笑声。那信念像崇拜的信使盘旋在两个人的天空，传递并激动人心地飞过一个又一个四季的轮回。

我有一双智慧的眼睛，从小就闪烁着探寻、求知的眼神。学堂朗朗的读书声，大自然的鲜花、落叶、树木、河流，一个个动人的景象美好的画面，使那双眼睛在不断的惊奇中越发幽深与明亮。但唯独当它谈情说爱的时候，它才无法遏制地用发散闪电的光耀扫掠爱恋的轮廓，跳跃挑拨曲线的上下，定格惊动喜悦的章节，渲染出不同凡响的旋律，诙谐地微笑，欢畅地光抚，柔缓地掠过，酥痒地悸动。那时候的眼神像春光，明媚似春风风流，胜春花绽放。那样一双翅膀似的眼神含情脉脉地拥抱着两个人温美的故事，而这故事的情节与段落要从始至终地书写，直至两个人梁祝化蝶似飞舞在蓝天之上。

你有几双翅膀？双臂？双唇？双眼？左右心房？凡是成双成对的能够运动起来的身体部分都拿来好吗？把它们用心用思维打开在情深意长的爱人面前，用坚实的臂膀、温情的眼神、感知的双手，深深切切地拥抱他，在拥抱中爱的暖流会回旋在你生命的神经里，成为你不可磨灭的记忆，那记忆便会在你想回忆的时候，再现每一次拥抱的味道，展演每一双翅膀的魔力。你用好自己的翅膀了吗？

点燃一支烟的时候

　　我不太喜欢抽烟，而且更多的时候，点燃一支烟，时常抽到一半再也抽不下去就掐掉了。自己抽烟不上瘾，而且量非常的小，小到一包烟也许抽半年。虽如此说，但在某些时候我还是特别想那烟，累了、疲惫了、风景秀丽的河边、咖啡馆都是诱发我与烟发生关系的时候。

　　点燃一支烟，秋日的下午，在北京后海星巴克的露天咖啡座前，凝望眼中柳树的风涛、残荷的荒寂、风波的秋水，柳涛是那样团团柔柔的随意波滚；残荷在干燥枯寂中显着韵味深厚的土黄，细语着它经春历夏的故事；秋风细细地怂恿一弯净水小起波澜地荡漾，悠悠然舒舒然慢慢然地在水的身旁信步懒散。秋天在那个时刻凝聚成一片安静悠闲的风景：环海游骑自行车的恋人、挺拔多年的杨树、海边遛鸟的玩客、星星散散的人来人往、夜晚密密麻麻酒吧灯红酒绿前的肃静、摇摇欲坠斜阳的金色光芒。这些美好的景致，如果不是这支烟，在这支烟的升腾里，我想我不会把它们宁静地安放在自己的心灵上，成为一缕烟中对秋的深情厚谊。因为后海水面实在说不上大，岸边还花花绿绿地到处是酒吧，还有那些放在室外的说不上什么味道的各色沙发。秦淮河岸边、云南丽江古城、上海黄浦江边的外滩、甘南的郎木寺，好像酒吧文化铺天盖地而来，一时间所向披靡地生存在所有有几分姿色的风景里，几乎是增辉与干扰并存。但通过一支烟的缭绕我才真切地进入到了后海原有的素雅洁净和清爽的秋天里，听到了绿头鸭从心底发出的快乐，通过这支烟与自然的美好实现了心灵的对接，才会从那时起使秋水中一波一波的心意时常与后海一色神秘往来。

　　点燃一支烟，夏天的美丽傍晚，坐在家乡老屋前的石头条凳上，伴着一壶酽酽的铁观音，看美丽的夕阳慢慢向山后隐没。在它慢慢坠落的过程中，在对那支烟的品味吐纳中，在即将送走又一个夏日的时候，家乡夏天的魅力风色便像电影大片一样历历在目光艳闪烁。围拢搭接相连的连绵群山没有了山民贫穷的刀砍，远望植被丰茂得越加密集浓绿，而且在那浓浓的翠意里有大朵大朵的紫色的花形成的云雾笼罩。近看在山体中通往燕长城狭长的石板路两侧，杨树参天高耸，小溪流翠淌青，喧腾出清澈的甜蜜的歌声，紫色的胡枝子枝条疯狂地成长成人一般高度，使游玩的行人穿行并不断沉浸在紫色的梦幻中逍遥。自家老屋的房前屋后，勤劳的70多岁的老妈还颠着小脚采摘豆角、倭瓜、辣椒，为她不时唠叨的老伴准备丰盛的农家晚餐。老屋前的冷海棠更像纯情的少女正在蓬勃发育，一丝飘着红晕的笑脸正做着它嫩绿青涩阿哥阿妹的奇思妙想。这些美好而纯净的夏日，这些一年一年不断延续变换新意不绝的家乡夏日，在那一支烟里被纳入五脏六腑，旋转着奔突汹涌成老屋的一缕缕炊烟飘向净蓝的天空。

　　点燃一支烟，在我生命很好很坏很高很低，高兴与颓丧，高傲与谦卑，欢乐与忧伤，睁眼眺望与闭目凝思等等的时候，我想一支烟所给予我的，一定是沉稳沉着沉淀的心智的抒发与弥漫，是它提醒我在生命的旅途中充分记忆，并享受身边一时一刻转瞬即逝的时光，丰满自己的身体，老练并高贵自己的心灵。当这样点燃一支烟的精髓融入到内心之后，也许在某些时候是否想要抽那支烟变得不再重要，那时那刻重要的是这支烟已在我心里点燃。

2009 年 10 月 23 日

尊重手工的快乐

　　遇见许多搞艺术的人，绘画、剪纸、根雕、篆刻以及玩核桃、葫芦、石头的人，就连三哥也把老家山上的"麻梨疙瘩"（学名鼠李木）刨回来，包皮、整形、打磨成为一种木质的艺术品。那种木是落叶小灌木，根长在山上的地下，身材出地面没有主干，枝杈全部由根部长出，较细带刺，弯弯曲曲相错而生成球形，高1.5米左右。身材粗一点的，能打成珠子，做成饰品。而那不规则的根一经哥的手，真的好看。这种木质地坚硬，年轮的花纹很好看。三哥每每放假回家，就与嫂子上山，去寻找，回来再加工。看着他像个农村木匠似的，摸索用功在他的世界里，那一定是他用自己的双手在制造属于自己的快乐。他的生活已经比较富裕了，完全可以去买一些艺术品，但他家里却摆放了许多他自己做的这种木制品。我还跟他要了一件，放在我的桌子上，看到的人都问这是什么东西，都说好看。他的手工劳作，把平凡化艺术，把平庸化神奇，既快乐了自己也快乐了别人。

　　对绘画，我一知半解。看着画家的山水，也只能体会画的意境，画家的功夫与笔墨到底有多艰难，无从知晓。后来，只要有机会我就会观赏画家作画。画，怎么画，画什么，画家是要成竹于胸的，然后用笔墨功夫去体现。画一幅画，笔就会好几种，用色用水用墨，哪一笔都是多少年的修炼，多少年的感悟。一盆兰花，数条叶片，一首清丽小诗，在白色的天空、白色的想象中，仿佛闻到了兰花的香气，陶醉在"芝兰生于深林不为无人而不芳"的气节中，整个人是不是也飘逸了呢？风中的兰、雨天的兰、春日暖阳的兰、冬季裸露的兰。而这样的画同街上成批复制印刷版的画自然大不相同，因为它是画家手工劳作而成，而且是画家的唯一。这样饱含浓情哲理、饱经沧桑、彰显画骨画神的画，让我无法不学会对画家的尊重、对手工的尊重。因为它通地气、长志气、养神气。

手是心与世界碰触的桥梁，无论是艺术和生活，手所表达的是无声的语言，凡是手到的地方，也是心到的地方。过去的年代，特别喜欢鸿雁传情，一封信从远方飞来，字字是相思与思念，行行是情意的真挚与滚烫，再加上硬笔书法似的漂亮，真是醉心。现今，在家里，老爸已经84岁了，他要是说话时离我近，我会时常摸摸他的背或者头，以示对他这么大年纪了还能给老妈做饭或者把屋子打扫得干干净净的赞许，老爸很高兴。小的时候，我是在他慈爱的大手抚摸中长大的，现在，他变成了我的"老小孩"，我相信，抚摸的力量传递了我对他一生的敬重与关爱。儿子小时候欢蹦乱跳的，只有到病了，自己才乖乖地躺倒床上不动弹了。那个时候，摸摸他的头，准是发烧了。于是，一夜一夜摸摸这摸摸那地照顾，儿子很快就好了。我相信，是母爱温暖的抚摸让儿子很快战胜了病魔。

人与人是要用手抚爱的，人与物也一样。喜欢品茶，前些日子，买了一把手工紫砂壶，是缎泥的。周身土黄，只有壶钮是朱红色，壶嘴像维纳斯般断臂，出身一点戛然而止。款式丰泽圆润名曰美人肩。身段与名字相仿，是美人肩的一部分，不规则的形状，壶身大小，双手里正好相握。看着它我就有一种童真的快乐。每天泡绿茶时用茶汤泡，品茶的闲余再拿手抚摸，才一个多月，茶汤的温热与手的汗香使壶身颜色已悄然内敛变暗。一看就有了主人，有了归属，有了陪伴，有了日月的滋养，不会有无人赏识的寂寞。

制壶的人用手捏造，品壶的人用手疼爱，壶便有了生命的气息，那气息也会抚摸着它的爱升腾。世上一路行，慧眼结巧缘，壶心似我心，散淡是神仙。

生活中的手工活也许不是艺术家的艺术，但在我看来，它的确是各个门类艺术的一部分。爱编织，有编织艺术；爱烹调，有烹调艺术；爱写作，有作家；爱开车，有汽车拉力赛……生活千变万化，不变的是家人、朋友的亲情与友情以及那些你喜欢的物件与事物，而这些相互情感的传递，只要是用手制作完成的，它就会带着你的体温，把爱传播到你需要的地方，而更好地传递爱则更是爱的一种重要能力。

2011 年《海内与海外》第 4 期

围巾风情

情人节那天，买了一件枣红色的围巾。中午在食堂吃饭时说："今天过节吗，饭后去逛逛，买条围巾。"同事说："自己买啊？"那意思是说，要老公买才适合。其实我只是笑谈，但确实是自己已经看好了那个枣红色，只是情人节给了我个机缘而已。至于情人节什么的，我觉得不重要，节日的泛滥，早已对节日失去应有的热情。但围巾确实是自己想要的，深深的红，厚厚实实的；长长的红，温热暖暖的。晚上让老公给围上，情分也是温和绵长，像平静的海水，看似平淡，却不知那深度在那里。

对围巾的喜爱，从很早就开始了。电影里的林道静、江姐，围着围巾的漂亮、知性也许是围巾给我的启蒙教育，以至于以前围围巾的方法都如出一辙，总是把围巾的一边甩向身后，觉得只有那样才是围巾的味道。随着生活的改善，自己的服饰里围巾的数量也渐渐多了起来，到现在市场上围巾的颜色、质地、款式更可谓热闹非凡前所未有，让人眼花缭乱不知所以。被丰富的围巾簇拥献媚，自己觉得既幸福又忐忑，不知道怎样才是个好才是个美。

静下来，仔细想想围巾这件事，还真的不可小视，要在众多纷繁的围巾中理清头绪、择清要害真不简单。细细琢磨，对围巾，我最偏爱两种颜色：红色和黑色。还是刚流行羊绒围巾的时候，就买了条红色的戴上，鲜艳亮丽、红润朝气，细绒绒绵软软的，怎么与冬服搭配，都是冬日的点睛之笔，总是人没到，那红色就先到跟前，向人寒暄问暖、热情饱满，透着喜兴友好。那条围巾一直留着用，虽已十载有余，离时尚越来越远，但还是时常拿来围上一番，红色照样是那样暖心暖肺不可替代，就像每天睁眼迎来的朝阳，也许有深秋的迷茫、冬日的铅灰，但谁能说那红色的霞光不是早已深埋心底万丈光芒呢？红色是孕育生命的颜色，围巾是把那颜色铺展围拢着在脖颈上诉说。围巾可以五花八门出其不意，但哪一季都不会少了红色这一款，而且还会在流苏、针织、镂空等地方被不断地创意翻新，从而使生命日益蓬勃生生不息。

在围巾中，黑色是最不能送人的颜色，那颜色只能是留着自己享受，是最自我自私的一种颜色。黑色的围巾是深夜里的一朵最黑的花，不用也不必要让人多看或者多欣赏，一圈一圈地自在环绕，但不会有任何的打结，总是会流出分散的两头向外敞开，安静时，固守埋藏、优雅高洁，看似卷曲委婉，实则高高在上；开放时，只需清风一掠，牵扯围巾的一小角，便扑棱棱打开旋转，流泻芬芳、恣意纵容，看似只是围巾的开合，实则是生命的舞蹈，像黑色的天鹅，高贵典雅无可言说，既有撩心撩肺律动的美，也有撕心裂肺真实的疼，但无论如何都是来自黑色有所折磨有所成就的享受。黑色的围巾在白天盛行，黑白搭又永远是服装的喜爱，围巾也是。黑色在白天里，黑的更黑，白的更白，哪个也逃脱不了，别想掺杂杂念，既是界限分明，也是相互审视。浊者自浊，清者自清，黑色围巾在白色里变得坚韧顽强。黑色围巾既有奈何于我的傲气，也有黑到底的胆识与气魄，黑色围巾不是人人能围，围不好就是垂头丧气，围好了就是"太华峰头玉井莲，花开十丈藕如船"般妙笔生花。黑色围巾另类，但不脱离实际，是平凡但不是普通平庸，是排斥但不是真的远离，黑色围巾让人迷而不乱。

围巾，一年四季都可以随意看到，大街、办公室、时装表演的舞台、演唱会的现场，到处都有围巾的围裹点缀，围巾的作用非同小可。但围巾的真正风采还是"大约在冬季"，是冬季给了围巾更广阔的空间、更大的舞台，只有在那时那刻，围巾才被衬托得更美。也许在冬日的大街上，有一天你看见美女帅男在那里，只要有鲜艳或者特别的围巾在，你也许根本记不住他们穿得是时尚否，但那围巾的颜色款式一准逃不过你的眼睛，因为人有时候有意无意地在比较中生活，总是怀揣着一条还想选择另一条，也许下一条不是更好的，但那是人们对围巾暧昧的一点私密、对围巾钟情的一点梦想。如果是活到一把岁数，家里总有自己舍不得丢弃的一些围巾，那也许是自己对一段往事的回忆，也许是它曾经在困苦的时候温暖过你的心田，说不定还有自己动情时泪一把鼻涕一把的印痕。过去的是时光，留下的是围巾的历史，但无论如何，都是岁月托围巾留给自己的一份珍贵的私情。

对围巾的偏爱，总让我思绪有时候龙飞凤舞一番不可停歇。比如说围巾，漂亮温暖装饰这些词汇在我看来都显得有些肤浅。围巾总是围在脖颈上居多，至于用围巾包裹丝发，或者系在腰间当作临时的腰部装饰都不算。脖颈，是连接大脑与心脏最重要的部位，要想使自己的所思所想与心智对接，那脖颈的冷暖保护就是必要的，大脑的灵机一念，心才会怦然一动，上下疏通顺畅，思绪才会果敢非凡。冰天雪地寒冷无极的冬日，脖颈暴露外边最多，是身体抗拒寒冷脆弱的短板，有那么一条围巾层层围裹，不让寒气有些许的逼入渗透。围巾守护的既是身体的某一个部位，也是对心灵的一种呵护与保养，似乎更是对人生苦寒的一种抵御。

女人与买书

现在的培训班非常多，记得一次培训听一位女教授讲，女干部要热爱学习、善于学习，要做学习型女干部。教授还讲了一句话："学习的关键是你会不会到书店挑书。"

是啊，到书店买什么书呢？自己需要什么呢？是外还是内，是表还是里，是服饰还是饮食，是文学还是管理，是礼仪还是历史？书店就是书的海洋，你要在海洋里徜徉的确需要找到自己独有的路线，不能随波逐流，也不能太过浮浅，涉浅水者得鱼虾，涉深水者得蛟龙。书店买书也如逛菜市场，西红柿、黄瓜、豆角、土豆，花花绿绿的，到那里一看，肯定经常买你喜欢吃的那几样，但经常吃也腻烦，也要考虑换换口味及营养，既要情有独钟执着自守，也要放眼博览拥抱世界。

一直喜欢苏轼的两句诗："粗缯大布裹生涯，腹有诗书气自华。"把这两句诗知道完整竟要了我 10 年时间。"腹有诗书气自华"是我送电视台一姐们一本书的赠言。当时就觉得这句诗好，但不知道是谁的话。直至去年买了一本《苏轼词赏读》才发现出处。上下两句完整道出了那种生活贫困但精神富足的文化人身上的粗爽豪放旷达的气味。而这竟有 10 年的时间。10 年里，我先后买了《宋词三百首》；买了余秋雨老师的《山居笔记》，书里有一篇写苏轼的《苏东坡突围》，文章里说他非常喜欢读林语堂先生的《苏东坡传》，于是我又在北京图书大厦买了一本；去年还买了吴越的《苏东坡的杂耍人生》。买书没有理由，喜欢就是需要，喜欢就要多问为什么，然后解决那个为什么。而这些是需要时间的也要自己固执坚持的。书一下买多了也不行，读不进去，读了也消化不了，不读，放置时间长了还容易忘记，还是买几本就吮吸咀嚼一番，边消化边放松边吸收边体会。读多了与书就会有深刻的融入，书是有气场的，女人用书熏熏自己，自己的心灵会在那清香熏陶中得到更好的美容。

女人有时候想买书了，但不一定舍得花费，女人买服装是大手笔的，但一本书二三十元就犹豫了，即使真的想买了，到书店也是左挑右选，心里没着没落儿没个准。买回去了，粗粗一翻没读进去，还会用妆容美丽的脸发几句怨言：那书写得真不怎样，没味道、没故事、没色彩，比某某名著差远了，人家都写烂了他还在那写，真没劲。倒不是觉得女人这样发表观点不好，就是觉得女人的好恶会偏差很多。很多时候，很长时间，很多女人都在吃老本，以为在校学习时的一些积累再加上社会上获得的一些言传身教的经验就可以用到老。书，离她们的生活很远，但她们却在反复地教育自己的子女要好好读书。想想女人这样子好可爱，做好妻子，伺候长辈、先生、儿女，就是不想买书，而且一提读书就头疼。

女人买书，是书对女人的一种特别诱惑。世界太大了，女人太小了，有时候我们的认知缺陷无法通过周围和经验获取，而只有与书为伴悄然前往。现实世界的狭小、阻挡、重复、惯性、局限，而书里的世界更为广阔，那里的春花你见过的没见过的更加灿烂，那里的夏跳出你的视野纵深开阔更显蓬勃，那里爱的形式从古到今在舞台上尽情展演，那里爱的缠绵欢叫纵歌可以惊醒整个村落沸腾大江大河。书是女人的另一双眼睛另一个世界另一颗心灵。女人要买书，买回的是自己想要的一个世界。

女人与买衣服

女人买什么也没有买衣服快乐!

女为悦己者容,那首先要穿上漂亮得体的衣服,才能见悦己者的。衣服是穿着打扮的主题与中心。春夏秋冬如何穿衣,季节说了算;正式与休闲如何穿衣,场合说了算;家居与内衣如何穿着,除了女人自己还要男人说了算。只有衣服的主题定调了,其他的比如首饰、鞋子、帽子、手包,才有权力让女人选择或者说女人才会有可能去选择。所以,在众多的购物中,女人首选衣服。

女人买衣服对女人来说是件愉快也是件烦琐的事。现代社会大多数女人已经衣食无忧,女人买衣服也不会只有出门见人、回家洗衣做饭一套两套的,而是正装、休闲装、家居装、内衣等等,女人买衣服要动许多的脑筋。就说买衣服的数量,那就多得很,哪种类型的也要至少两套才够,可正装对女人来说更应该一周一天一套才好才对,干净利落新鲜整洁,女人要的是这个。但选择起来就麻烦多了,如果没有时装设计顾问,就得凭着自己观察与自己对衣服的认知,一次一次地奔赴商场,反反复复七逛八逛地消耗时间。如果买到称心的还好,如果既花钱又没买到称心的,那真是件最糟糕的事,毕竟女人衣兜里的钱还没到买衣服为所欲为的程度,于是,懊丧、阴郁、无奈甚至还有点自责。要说女人买内衣那更是花样翻新,没完没了。

女人面对这样重要又麻烦的事情，只好是这次买到的相对满意就好，而绝对满意的还在下一次的购买中，这有点像相对象，不可能要见到一百个一千个你才选择，而是见到四五个顶多十来个就鸣金收兵了。好永远是相对的，也永远是不好里的好。

女人买衣服最希望自己的男人来陪。可有多少男人喜欢陪着女人呢？既然男人不喜欢陪着买，女人买回去自己的男人又能看几眼呢？很多女人会在高兴时或者是生气时去买衣服，生气肯定与自己的男人有关，因为男人把自己惹着了："不花他的钱花谁的钱，节省着为谁呢？"高兴时就说不好与自己的男人是否有关，也许是单位发奖金了，也许是变换岗位了，也许是要应聘了、同学聚会什么的。女人买衣服最希望走在身边的还是自己的男人，不像男人不喜欢同老婆买衣服，却喜欢在其他异性面前献殷勤。其实，男人认为招惹得起的是亲近是贴心是不用计较，而不能瞎招的才是隔膜才是面子才是距离。但无论怎样男人都要当心，有时间还是多陪陪老婆买衣服。刘震云说得好："男人自己的'绿帽子'，原来是自个儿缝制的。"女人买衣服的事不小！

男人大都忙着事业，也难得会陪女人逛街，所以，女人买衣服是特别需要一个了解自己关心自己，品位与好恶自己信得过的女朋友的。了解自己才能按职业习惯选择，关心自己才能把自己当回事不应付，品位才能代表审美标准不会错位，这样的女朋友才过关，你买衣服的时候才会说真话，不好看就是不好看。前两天与女朋友买衣服，一件上衣要搭个裤子，售货员说这样的深紫色宽松上衣要搭个瘦腿且是九分长的白裤子，结果朋友试了两条也不如意，到第三条的时候，看看还可以，售货员直说真好看真不错，那意思哪里是真诚，就是赶快让你决定买下。我却说你这样的搭配一点也不时尚，结果我让她试试那条灰色宽腿九分裤，结果是个好，女朋友非常满意。女人离不开男人，但在买衣服的问题上，女人身边还真要培养一个同自己一样好的女人才行。

女人买衣服是为了穿，穿上新衣服，衣新人新心也新，新鲜的女人像一首歌："春天花会开，鸟儿自由自在……"

2009 年 7 月 4 日《中国建材报》

小鸟和我在一起

　　住在7层楼，窗外就是上下双车道的马路。刚住进来时，早晨总是被早早奔驰的汽车噪声吵醒，一点也不安静。为此，心情不好了好一阵子。在慢慢地调试与习惯中，发现每天早晨，窗外有许多美丽小鸟的叫声，叽叽喳喳、啁啁啾啾，你一嘴它一声的，那个欢腾与雀跃，快乐与兴奋，鸟儿们在清晨中毫无顾忌地蹦跳与歌唱着。而我每天躺在床上，就安然地享受着迷迷糊糊的鸟鸣进来，进而在那动听的乐曲中渐渐从睡梦中醒来，鸟儿的鸣欢与欢唱每天都带给我微笑的心情。但当我要找寻那鸟的踪迹，我却真的看不见那鸟在什么地方。窗前是6层的居民楼，楼角处有棵大杨树，6层楼前边的院里有六七棵成排的杨树已经长过楼层的高度，我能看到那些杨树的树尖，也许它们就住在那里吧。听声音与它们的无形无迹，应该大都是并不美丽的麻雀，在这城市中生活，麻雀的叫声对我来说也算是奢侈了，如果没有那些老居民区的杨树，恐怕也没有了这样美丽的声音，又有谁会毫不吝啬地每天都给我这些欢快呢？

　　离小城50多公里的老家，有前后两个院，院外有两个喜鹊窝，都在老爸种的老槐树上。每年到夏天都是我快乐的日子，爸妈从小城回老家避暑，我休息时就回去看望老人，也一同与那树上的喜鹊相逢。同样的清晨，山村的鸟鸣就丰富多了。近旁喜鹊不连贯的大嗓门喳喳,麻雀细小的啾啾,远处布谷鸟的布谷布谷。声音近的清晰悦耳,远的空阔悠远,那美丽的声音仿佛就是为我们山根处的三四户人家而响,为那与它们相伴的农家人歌唱。它们在清晨的薄雾中振臂操练飞翔,穿越微露迎接朝阳,没有辛苦与烦累,只有轻轻的唤醒、诉说与优美的舞蹈。在那时,我会起身着衣,轻轻走入山村的清晨,小径引着路,青草滴着翠,野花微笑着,小鸟伴随着,一切是那么清凉、湿香、滋润,呼吸一口新鲜的空气,从头到脚通泰无比。

人有很多种快乐,但纯真的部分一定是儿时。儿时老家的房檐下每年都有燕子居住。它们春天从南方飞来,夫妇结伴,选好住址,就一次一次地衔泥叼枝筑巢。它们的窝大都沿着房檐的两个椽子中间,或者椽子与大柁中间搭建。建好窝后过上一阵子,就会从燕窝里传来小燕的喳喳声。从筑巢与为小燕觅食,燕子非常勤劳与机智,它们一次一次飞回来时,大都在院内的树枝上或者其他建筑物上停留一下,看看是否安全才把东西带回窝。那时,每天的晚饭时我都爱看燕子们站在房前的两排电线上,摇摇脑袋甩甩尾巴啄啄羽毛的玩耍;每次看着燕子低低地在房前的菜地上轻盈地盘旋,准是雨要来临;每次看到老燕带回吃食,小燕张大嘴巴争着要吃食的叫声就如饥饿的小孩,幼小顽皮;每次听到燕子细小、甜蜜、圆润"燕燕"的叫声,哪怕家里就只有我一个人,我也不会害怕。这些燕子就住在我们的房檐下,不用特别在意,睁眼就能看到,一天的时间只要回家,就有它们的身影与叫声,它们和我们是一家人。近 10 年,燕子已经没有了,老妈说,燕子爱吃蝗虫,可连年的干旱,儿时遍地飞跑的蝗虫已经寥寥无几,燕子为了生存已经无法再眷顾这个家了。

燕子成了我对儿时的深切思念。

麻雀、燕子、布谷这些自然的鸟儿,天天欢蹦在自然的世界里,声音的悦耳、形体的敏捷、智慧的生存,这一切,对我来说都是默默的给予，也是我默默地感受。默默给予与感受也许是人与人相处和谐的最好法宝。大爱无言，无私的帮助、静静的端详、温顺的抚摸、鼓励的呻吟、欢愉的挽手、自由的漫步、困惑的支持，一切的一切不必说，只要彼此需要着，给予着，就会生出鸟儿般的翅膀，穿梭翻飞在自由的天空，飞翔哼唱出鸟儿般的歌曲，无论是美声还是民族，无论是通俗还是高雅，只要是从心底发出的自然真实的鸣叫都是美的熏陶与享受。

2011 年 8 月 20 日《中国建材报》

7月，来簪花吧

7月，雨下个不停。雨季的雨，一遍一遍地垂落到村庄。我们随着雨季的雨走向了雨季的深处。不知道什么时候，雨水就顺着房檐流下来，一遍又一遍地不断给房屋变化着水晶幕帘。密不透风的天，不愿意给出雨何时来的一丁点消息。雨停了，庭院里的晾衣竿上一排倒挂的水珠像一群蠕动在杏树上的白介壳虫，粘着衣杆不想松手。雨水里泡着萱草、泡着岩青兰、泡着玫瑰。把它们的花汩汩地从花茎上挤出来，挤出雨季不一样的花朵。雨季的花朵个个水嫩。雨水是雨季给予花朵的高级嫩肤水。

用村庄里的野花，建了个花园，美名瑞园。一镐一锹的花草挖回来，再一镐一锹地栽培上。花开了，单朵也就那么十几日，多朵的陆续有二十几日。总是舍不得采摘它们。愿意它们开在花园里，落在花园里。好像这样，我才安心；好像这样，我才没有打扰到它们。它们把花艳艳地给这个世界，我怎么好意思拿来自己享用呢？更多的时候是坐在它们身边，安静地与它们一起艳艳地流淌在时光中的长河中。如果旁边没有人，这样的时光也只是属于我与那些花的，我知足得像一枚落叶在空中飞舞，风用力地拖住我慢慢地旋转，极力地让我在舞蹈中，贪婪地吮吸着整座花园里的甜蜜气息，甚至花园里胡枝子丛下一朵小蘑菇的清香也没有逃得过我的味觉。

簪花,是古代汉族女人服饰的一种,是往头发上插戴鲜花、绢花或者是首饰花。从来没想过这与我什么联系。《古代中国服饰时尚 100 例》中,"宋仁宗皇后像"侍立两边的两位侍女,头戴花冠,上面镶嵌了近百朵花,名曰"一年景",是把一年四季的代表性花卉都镶嵌在头饰中。头饰是用金银珠宝做的,戴着珠光宝气、富丽堂皇,呈现出皇家气派,也显现出四季花卉深得人心,人人无差别,古今无差别。至于古代普通女人,在有花的季节,采些鲜花插戴在发髻上,笑靥生动,不知道又滋生出多少人性普通而又本真的美。

去年,6 月底,村庄与河北交界的山峦上,建起了风力发电"大风车"。我与我的爱人刚哥、二姐和她的外孙女芊芊 4 人,决定爬山,目标是"大风车"方向。开车 7 分钟,我们把车停在山脚下。即使这样,我们到达山顶处的"大风车"也要一个小时左右。一段水泥砖路,一段土路,一段已经建好的石板路,还有一段正在等待铺设石板的碎石路。道路的坎坷,再加上雨季的闷热。我们爬行的过程有些艰辛。从小在村庄长大,我们热爱山里的一草一木,村里发生什么重大的事都是我们关注的目标。登顶观看"大风车"的想法早已在我们心里痒痒得不行。边走边观赏雨季的翠绿山色,还互相转告着自己的新发现,并在背景是黑梁尖的岩石上拍照。60 岁的二姐和 6 岁的芊芊,我们老老少少,一路边走边玩地终于快到"大风车"的山头边上。眼见那里顺着山脊有一片草甸子,我们急迫地想在那里休息一下。真的太累了。到了才发现山脊那边的草甸子上满是萱草花。黄黄的萱草花太多了。我们扔下书包,滚向草甸子。看着采着,采一些萱草花插头上。草甸子中间有块大石头,正好是拍照的地点。二姐、芊芊、我们一通忙活,一通拍照。黄黄的萱草花在我们耳后起伏荡漾,一会掉了,一会又继续插上。欢声笑语、各说各话,都沉浸在自己的快乐中,像一小伙麻雀蹦跳喳喳个不停。其实那片草甸子并不大。花朵也并非公园里的密密麻麻。只是我们经过一个小时的辛苦跋涉，也从未想过翠绿的雨季，山上会有如此这般的萱草盛开。意料之外的惊喜才是惊喜。这样的惊喜瞬间把我们击倒，瞬间把我们内心的童年唤醒。我们为什么不要如此肆无忌惮地玩耍一番呢？

那一次的快乐是把花插在头上，却与簪花这样的高雅词汇无关。回到村庄，我也从没有再次往自己头上插花。还是老样子，时不时地把采来的野花安静地插在花瓶里，安静地放在院子里的桌子上或者是屋内的茶台上。

今年，时间又到了内心的一个节点上。还是想再次去看那些萱草花。7月3日，天上分布着稀疏的薄云，正好是登山的好天气。这次登山的目标是萱草花。登山的路已经铺好。坎坷明显减少，登山的路程和高度不会变，而我们不年轻的年龄确实又增长了一岁。登山的过程照样充满了艰辛与漫长。但当我们踏入那片草甸子的时候，还是看到了满目的萱草花。这次没有惊讶，而是满心欢喜。没有旁人，只有刚哥我们俩。我们没有像上次那样瞬间滚落进去，而是欢呼着、雀跃着，相对从容地走了进去。采花、戴花、拍照，同样地忙活一通。身在其中，乐在其中。安静的一片草甸子里的一片萱草花，再次让我们折服在美的境界里。这才是我内心世界里的奢侈品，能让我们自然地发出欢呼之声的奢侈品。人性快乐的释放需要这样一片经过艰辛才能够看见的萱草花。这样的一片草甸子成了我心中的圣地。秋天这里还会有什么花呢？

7月中旬，家里新房盖好了，要请兄姐们吃饭。大家早早聚集在一起，大人聊天，小孩子玩闹。我便去瑞园，拿着树剪，剪了石竹花、蓝盆花。回来，照着镜子，细心地把它们别插在卷发上。一边是一字形石竹花，一边是团状的一束蓝盆花。走出院落。二姐看见，眼睛都亮了。大哥的女儿边夸边拍照。我就顺势而为，在石台上摆了几个姿势，没有羞涩、没有矜持，并表示，以后我多买些发卡，家里有喜事时，我给女人和娃娃们簪花。吃饭是在邻村长峪城的猪蹄宴。簪着鲜花去赴宴。簪着鲜花开始新的一天。这才应该是村庄里人生活的样子。

7月，给了我灵感，来村庄簪花呀。女人怎么能离开鲜花呢。来村庄簪花，又何必局限于7月。

2023年7月14日 《中国纪检监察报》

风入书房

我有一间自己喜爱的书房。天长日久，日积月累，各种各类自己喜欢的书，不知不觉排列在书房各处，琳琅满目地满足、尘埃落地般踏实。那些书，一直陪伴着我解闷养心、憧憬希望、答疑释惑、自迷自恋、疯狂与哀愁等多姿多彩的生活。那是我心里的世界是我世界里的隐私，享受自己的世界、享受世界里的自己，时常满意地脸贴在书桌上惬意、唇饮茶香中淋漓。

不知道从哪一天起，一抹春风顺着书房门的缝隙用力推赶进来，整个和煦的风面与我书房中的一切撞了个满怀，把书房里的方方面面角角落落浏览透彻了一番。凡是风掠过的地方，都已经不再是从前的样子了，或者说表面是从前的样子而其内部已经有了风的气息风的眼神风的侵蚀以及风的爱怜。从那时起，我的思绪再也不能笼络回归，再也不能率性而为，再也不能自守矜持。从此，那心只想随风而动、随风而舞，想穿千山越万水豪迈地走万里路。风轻柔地告诉我说："书里的世界好，世界这本书更妙，看书是一种境界，写书更是一种神圣。你知道《快乐老家》那句歌词吗？'跟我走吧'！"于是乎，世界这本书从此就成为我极目四野涉猎阅览的重要部分，且隐隐地心里有了一种莫名的期盼。

沐春风而思飞扬。早春时节，风拉扯我站在儿时家乡的山峦，满山满沟满坡的杏花儿，远看白茫茫就似洁白的祥云在山谷飘荡，又像云海般起伏浪起潮落。近看，那花瓣儿白里透粉围拢着细嫩的花蕊，花儿鲜香淡雅柔情妩媚，像姑娘飞晕的脸庞及那鲜嫩水灵的双唇。蜜蜂忙着飞舞在花海里打滚翻腾招惹嬉戏，美得嘤嘤嗡嗡欢唱着它的幸福。山沟平地的田野间，老核桃树还没动静，躯干筋骨裸露在春阳里，陪伴着性感的杏花儿，深情欣赏着它仙姿绰约的来龙去脉。山间的小路旁，有许多紫色的白头翁开放在荒草丛中，心甘情愿地摇头拍手赞美着这山间春色。荒草丛下嫩草的芽芽齐刷刷地冒出来，温和轻柔地呼吸着这春日新鲜的香气。从小长大后的许多年有这样的美丽吗？我的家乡。哪里在意过哟！我的目光哪里有今天这样认真仔细地停留。原来以为书上的春最美书上的春最撩人。是风，是风啊，让我识得了家乡最美的春色。有了这样的风啊，才有了这样的心，心里才有了这样的景儿。

凌秋云而思浩荡。秋色染浓时分，风牵着我的手，坐卧在温榆河畔，等待圆润丰满的红日安然静落，慢慢消失在杨柳树梢芦苇河岸的地平线。在那时刻，大地是怎样急迫地拥抱着退出神圣舞台的太阳，又怎样甜蜜地享受着人后的私密。那窸窸窣窣的响动，扭扭捏捏地往来，一定很美，不然河里的小鸭子怎么钻进水里很长时间都没有出来，出来后又是摇头又是甩尾颤抖地惊叹不已，然后径直向另一只小鸭子一路欢快而去。白天的云散了，秋日山间的夜空就剩下了干净整洁的满天星斗。山的浓重秋色被黑夜笼罩，肃穆神秘。山路边的路灯也昏暗懒散，细小的溪水有一搭无一搭地流着，声音断断续续时有时无，一切都显得静谧安详，唯有天上星星的眼眨呀眨呀不停地闪烁，享受着秋的清凉满足适意。这样秋的暮色这样秋的夜景，以前只在梦里徘徊遐想。是风，是风啊，让我没有在欣赏书里大歌特赞满山红遍丰收硕果的同时再次错过秋天别样的风韵之色。有了这样的风，便才催生出这般的秋日情怀。

披夏凉而思清爽。夏日里，城市燥热郁闷得不行，阳光直逼横扫大街小巷楼房绿地，眼看着楼宇快要被融化、绿地快要被蒸发，人们都猫在室内躲避骄阳的灼热。又是风把车轮启动，把我从喧闹中带出，穿行在通往冷凉气候之称的小城西部。那里的老农还照样在田间做着农活，锄地打草放羊。老大妈照样在灶台烧火做饭，门前的狗儿照样与母鸡欢蹦乱跳地玩耍。那里的夏，不是城区的黏稠而是山里的清凉，不是城区的难耐而是山里的勤劳；不是城区的倒数时日，而是山里的孕育与希望。看着我玉颜红润、喘息均匀、裙裾飘摆，风说：这又该是书里哪段写的夏呢？

裹冬雪而思梦幻。50 多年未曾遇到的大雪，来了，刷刷打打、飘飘飞飞、翻翻滚滚，势不可挡震天动地绝无仅有。风与我又如约而至，走在快要没膝的雪地里，吭哧吭哧、步履艰难，但那踏雪而行的感觉却碰触了有生以来第一次的鲜嫩与刺激。抓把雪捧在手心，雪融化时的丝丝惊凉把手触摸得酥酥痒痒。飘飘荡荡纷纷扬扬的大雪如诗如画如歌如诉如仙如梦。一切的一切都呈现银色洁白，一切一切的污垢都被那洁白洗刷而去，整个世界仿佛就只有每一个人那晶莹纯洁的梦在天空飘飞曼舞，真实而又虚幻、美好而又生动。这样充满梦幻的世界，50 多年来有谁遇到又写到过呢？

风进入了我的书房，风又把我从书房中带出，去用心底的那份真感受四季之不同。风说："是读书好还是自己写书好呢？"

风进入了我的书房，带给我的是我理想的种子。

2011 年《海内与海外》第 1 期

厚德老妈

　　老妈今年81岁，白发苍苍，步履蹒跚。一日三餐都是长她4岁的老爸伺候。这次回老家，村里远房的一位87岁的老人去世了，车子快到家门口时，遇见了参加葬礼的母亲，到家里，她就说："我还真想他，在那儿哭了好一阵子。"大姐说："干吗呀，他虽是亲戚，也没怎么疼过您。"大姐心疼老妈，怕她哭坏了身子。老妈则说："一起在生产队干活也挺好的，从没拉过脸子。"

　　妈妈年轻时和男人一起下地干活，她虽然争气要强，干活麻利，但有些时候，家里孩子多，免不了这事那事的，妈妈肯定也没少看别人的脸色。所以善良的老妈就认为不拉脸子的人就不错了，而从不计较亲戚那一层关系。就这样的一个白天，老妈为这老人的去世，饭桌上、院子里唠叨了好几回，大意都是那几句话。老妈的记忆力已经大不如从前，经常说过的话过会儿就忘，但她说的意思不会有大变化。老妈唠叨着，我们就听着，善良的心说出善良的话，那话听着让人心里敞亮，宽处。

　　我们老家是山区，海拔高，冬天寒冷，夏天凉爽。老妈与老爸每年都会在五一前回老家居住，一是避暑，二是还能赶上种些蔬菜，那是他们最高兴的日子。村子偏僻，离昌平县城近50公里，年轻人都奔城里去发展定居了，村里剩下的就是像老妈老爸这般年纪的老人。那一次回去，见老妈的脚上穿了一双好看的布鞋，胶皮底布帮,针脚细密,问是谁给做的,老妈说是左家的媳妇给做的,而左家的媳妇也已经 70 多岁了,只是眼睛还好。老妈说那天她们几个一起聊天,左家媳妇跟自己要鞋样,而鞋样已经让大哥拿走了。她就拿手指大概量了一下,过了十天半月的,她就把鞋子送来了。老妈是小脚,在商场买鞋不是没有号,就是有号没尖,穿着不舒服。以前老妈都是自己做,岁数大就做不动了。我们 3 个女儿也不会那针线啊,都是大姐跑东跑西地给她转悠着买,于是,老妈穿鞋总是不合适时候居多。70 多岁的媳妇给老妈做鞋,老妈就欣然接受了。老妈说都是那年,左家要盖房,钱粮又不够,老妈知道后,拿出我们家的全部家当 200 斤粮票就借给了他们一家。盖房子在农村是天大的事,老妈在人最困难的时候施以援手,他们总是记着老妈那个时候的好。是啊,比起老妈来,要换作我恐怕都没有那个魄力借粮给他家,要知道,老妈一家也是有我们 6 个孩子要吃要喝呢。

老妈性格温和,与人相处有自己的原则,和村里的人相处得都不错。邻居有个高姓人家,一共兄弟 4 个,分别成家立业,都居住在高家台上,不知道什么原因,哥们之间不是特别融洽,有的妯娌间都不说话。但老妈以为那是人家家里的事,自己从不掺和,更不会传闲话,于是老妈与他们 4 家都有往来。只要是回老家,每天晚上,在离家百步远的地方,高家三婶与老妈大都会在那里的石台坐会儿,聊聊闲天,老姐俩总有说不完的话儿,这些年不知道家乡的月亮和星星听到了多少呢。而高家的二儿媳则是老妈娘家的妹妹,与老妈自然更是有扯不断的亲戚关系,现在我们两家走得也挺亲近的。老妈虽然没有文化,但现在想起来,老妈这样的与人相处,不参与别人家的家事,与村里家家和平共处,颇有点外交官的味道,家就是国,国就是家啊。

老妈老爸都是地道的农民,没有文化,但他们培养了我们兄弟姐妹 6 个,能把这样的大家子把持好,也不是件容易的事。老妈不是那种滔滔不绝的女人，她对孩子们从不轻易说教，一般性的错误，她总是要攒到 3 个以上才开口，批评时我们根本就没辩解的机会了，她都原谅你两个了，自己还能说什么呢。老妈在家里做了两件我记得的事，我非常佩服。大姐是教师，年长我 12 岁，上班早，挣的钱大都贴补家用了，等到大姐结婚时，她把家里仅有的 100 元存款全给了大姐，她是觉得做母亲的应该多给些，可她的力量也就这些了，她能在大姐重要的时刻倾其所有，她的内心该是有多大多宽的母爱呢。等到我上师范学习的时候，家里经济条件就稍微好些了，但那时三哥也在读大学，家里还是比较紧张，我读师范二年级的时候，学校有许多同学都买个手表戴，而我没有。其实那时，我从没有抱怨过，可能是老妈觉得我懂事，家里那年卖了一头肥猪 100 多元吧，她让大姐去给我买块手表。大姐就领着我，去北京城里买了一块精致的女表，是日本精工的，那在当时可是名牌呢。以至于我们班化学老师看到就说："韩瑞莲这块表不错啊。"自己心里别提多高兴了。老妈在家里做得正，不偏袒任何一个，谁要是有困难，能发动全家给予支持，我们家是个和睦的大家庭。现在，老妈的记忆力严重减退，经常连早上吃什么饭都记不住，但这次我儿子高考分数出来后回老家看她，她见到我儿子第一句就说："嘉诚考得怎样啊？"一句话说得我心里眼里热乎乎的，要知道，这件事她得下多少功夫才没忘记啊！

"土德含宏育万物，地灵光大载群生。"老妈就是我们家的土地，她没什么惊天地、泣鬼神的故事，但一位大字不识的农村妇女，能在那样贫穷落后的地方抚育了我们这些子女，而且还能让我们长得茁壮优秀。她于家勤劳朴素肯干包容，与村邻互助友爱厚道，她最后得到的是我们全家儿女的孝顺以及我们全家在村子里的荣耀与赞美。

2012 年 10 月 16 日

黄土地的呢喃

　　家乡的土地是神奇的。我惊奇它的里面什么种子都有，到什么季节就生长什么，一年三季都不会歇息。那些种子不急不忙、不你争我抢，到时候都会有自己生长说话的权利。它们那颗平静平常的心是土地给予的。是因为土地公平地安排好了一切，家乡的一切才那么的泰然、祥和。家乡的那一片土地该是怎样的功臣呢？又该是怎样让人敬佩呢？

　　清明节到了。乡亲们都在忙着收拾属于他们的那一部分土地，翻地、耧地、布粪，他们要在那地里栽种一年的希望。他们从来都不嫌弃那土进入他们的鞋窠里，黏稠地粘连在鞋帮鞋底上。下地，几步路不出，就把他们的鞋子、袜子弄得脏兮兮的。他们甚至还觉得那是一种幸福，一天到晚要是不到自己的地里农事一番，他们的心才不踏实呢。他们知道，那土地是有情有义的，谁勤劳地给予它，它就会回馈谁。你种上土豆，它不会长出玉米；你种上豆角，它就不会长出黄瓜。土地从不骗人，旱了涝了，也从不假客气着不说，而是直言不讳。你看那，老牛牵动犁耙，一条播种的沟就牵引出来，长长的，或弯曲或比直的，往前走再折返，直至把这块地播满种严，乡亲们从不浪费一块土地，他们说谁浪费土地谁就是造罪。那些乡亲们喜气洋洋地把种子播撒下去，亲切地丢进了那一片土地的心里。那一片土地，绵细、柔软、潮湿，紧紧地把那种子揽在怀里，像是揽住了久别重逢的恋人，它要把那早已孕育的气血与营养统统地给予她，让她在它的心里尽情地生长。那一片土地，就是春天里最美的生命，暄软着呢喃着，它要接纳、它要孕育、它要生长。那一片土地，在春天里泛着一股潮湿的土腥气就那么骄傲着。那时，你也许还会听到一声明亮的响鼻，那是牛兴奋它又走在了那黄黄的泥土里发出的振奋的声响。等到那种子被泥土覆盖好，那素颜的土地便呈现出一条明显的垄沟，这时，那些沸沸扬扬飘落的杏花瓣便铺卷在了那长长的地垄上，像一条粉色的飘带，把那春天的美无限地铺展开去。这以后，便随时会有老农在地边抽着旱烟袋，吧唧吧唧，一口一口，眼睁睁地守望着那一片土地，以及感念着那一把把黄土。这就是席慕蓉的诗："这是一首亘古传唱的长调，在大地与苍穹之间，他们彼此倾诉那灵魂的美丽与寂寥！"

那一片土地，在南来的燕子眼里，可是比金子还贵重。它与爱人北归的定所，就要用那一片土地里的土筑成，扑棱扑棱、飞起飞落，燕子衔泥，一点一点，直至把那窝造得结实优美。不多天，那小窝里就有了小燕子喳喳的叫唤声。燕子是感恩那泥土的，它也只要那一点泥土就够了。燕子还要感恩让它住下的那间房屋及那屋里的主人。燕子喜欢在那炊烟中跳跃，烟起烟落。燕子有时候想明白那炊烟是从哪里来的，它就蹲在院子里的电线杆上，注视着。那时，主人外出割了许多捆细草，把它们晒干剁碎，用车推来黄土后，再加上水，一起搅拌，那些黄土与草在水的掺和下，黏黏糊糊地扯在一起，然后，那主人便拿来方方的模具，把那黏糊的东西往模具里一放，再把上面抹平后拿开模具，一块方方的土坯就完成了。燕子看傻了眼，还是不明白。它哪里知道，那炊烟就是主人用这些土坯搭建的土炕道里冒出来的。那盘土炕也是用泥土造就的。其实，那盘土炕就好比燕子的床。燕子懵懂地嬉笑着，不知道所以，探头探脑地嬉笑着。但这又何妨呢？人说：

谁家住着燕子，就说明谁是善良人家，谁家就会平安无事。朴素的燕子与简朴的主人，都彼此喜欢，都住在与那泥土相连的屋舍里，都快活地活着。

抓一把黄土，在手里闻闻，还是泥土的腥气。把那土用手指捻细，就是一颗一粒，什么也没有。它的精气到底在哪里呢？把手里的泥土抖落在地上，那地上顿时出现了不一样的景象。那土便自由地奔跑起来，在山峦、坡地、平整的土地里，到处都有它的身影。山峦上那密实的荆棘紧紧地握着它的手，死也不放。那暴雨如注的夏夜，那暴雨强劲暴躁地冲击，它们的手也丝毫没有撒开过。那坡地上，那些艳丽的桃树、杏树，更是把根深深地扎进它的深处，钉子样般深深地钉了进去，无论树木的身子怎样的倾斜，树木都不会倒下。因为那土把它们的根紧紧地握在手里，一刻也不曾松开。在那平整的荒滩、平地处，那泥土更是百般尽情，春天的地丁花、蒲公英、白头翁、泥胡菜纷纷地开放；夏天的红玫瑰、山丹丹、狼尾花、桔梗花、唐松草等等铺天盖地而来；秋天的香薷、沙参、岩青兰、甘菊更是俏丽多姿，美不胜收。仿佛那泥土按捺不住地想把那土里的故事都一一倾诉出来。那时，也见得本地的农民，外来的游人成了忠实的倾听者。本地人，坐在本村本土的土地上听着，就像听着小曲般滋心润肺，心里那叫一个踏实；外来的游人则赞美这村庄真好：平静、鲜活、生动，真想成为这山里面的永久居住着，像那些鸟儿、那些蝴蝶、那些蜜蜂飞翔在那小山村。

家乡的那一片土地，就是小山村的气质：质朴、单纯、高洁。家乡的那一片土地，就是山村人的希望与期盼，就是那土生土长的播种与收获。山里人也许会与家人与邻居有摩擦，心烦时也会与那鸡那狗发狠，但他们从不会与那土地争执。只要他们无论往哪里那么一坐，只要能看见那一片土地，他们的心就像那土地一样宽广了。家乡的那一片土地，还是年少时走出山村人的身后，那缕缕的思念。那思念一丝一丝地永远缠绕在他们的心头，一丝就是一道深深的印痕，一缕就是眼望着家乡方向千长万长的幸福与哀伤。而在我心里，那一片土地，更是我对家乡再也不能回去的昨天，千点万点、千扯万扯、长长绵绵的乡——愁。

2015 年 4 月 14 日《北京日报》

我原来是座花园

我原来是座花园。

我曾经以为，我努力工作，挣钱，自立。不求事业有成，但求自己有满意的经济来源。结婚生子，像父母一辈那样，延续并传承生命。我有多重身份，我都努力做到尽可能的优秀。但我还是无法停留在我最终认可的一种身份中，骄傲、陶醉、满足、止步不前。哦，我原来是座花园！

老家家门口有4块自留地。上世纪80年代，农民种地太辛苦。父母就随着儿女转移到城市生活。那4块自留地便被丢在了村庄。自此，自留地不再长庄稼，而是植物杂草横行。牡荆随处扎根却不见根深叶茂，杏树被杂草抢走养分几乎不再结果，有的还被杠柳活活缠绕而死。核桃树掉落的核桃里竟是虫子躯体。一条曾经穿地而过通往台上人家的小路早已失去踪迹。本来很好的4块地，慢慢地恢复了荒野的本性。闲置，会让一切原有的光鲜荒芜或者破败起来。

重新看到这4块地的时候，我已在城市生活了20多年，有房有车。儿子已年满18岁。我去城市好像就是为了像鸟一样搭建一个窝，把幼雏养大学会飞翔。人对幼雏的监护期最长。在这样一项漫长任务的执行过程中，我无暇顾及其他，或者说我不能认真深刻地对待其他的一切。花草植物、山川河流虽时有眼前闪现，但都不能与我产生更加亲密的反应。昌平电视台后山的松林以及上下班的行道树都给予我一些植物的印象，十三陵水库和昌平体委游泳场的水流也曾热情地在真实与虚幻中抚摸过我。但它们似乎都像流星一样闪过，瞬间就消失得无影无踪。在城市我不能够明确我的脚步还可以迈向哪里？也没有多余的土地可以让我看到儿时父母耕种与土地与泥土那样亲近的样子。这时，那4块自留地就不断地出现在我的眼前。它们闲置得太久了。它们如此翠绿却又如此杂乱荒蛮，如此无序争夺，如此缺少理性的约束。我想对它们进行一次有意义的打理，让它们既蓬茂，又有秩序；既百花齐放，又各美其美；既保留原有的精华，又引进新鲜的血液。它们会成为什么样子呢？

花园被堰阶自然分开，3道堰阶把花园降落似沿着一个长满树的土坡分成4部分，也就是原有的4块地。中间两块最大，土质肥沃，大有培植创造的空间。花园里有一棵百年核桃树，长在最长堰阶的里端。树冠高大且轮廓分明，绿叶手拉手地密切连接遮盖出很大的一块阴凉。树干高大粗壮，树皮苍老肥硕。有了它，整座花园便有了壮阔有了气势，稳稳当当地矗立着。我们在它的下面整理出一块平地，摆放了简陋的石台石凳，开始了花园的建设。这棵大核桃树虽偏于一隅，但它却是整座花园的中心。忙忙碌碌，栽花栽草，闲庭信步，赏花赏草后，都会自然不自然地回到此处，环顾四周，目光想在哪里停留都可以。中心，是心脏跳动的地方，一切都为中心而来，一切也可以从中心四散开去。确立中心，一切来来回回地运转才不会偏离方向。

花园的两小块地在花园的西北和东南角两端，一块是玫瑰园，一块是酸枣园。玫瑰和酸枣都耐寒耐旱，有时间就照顾一下，没时间，它们也会长得不错。每年5月底、7月初玫瑰花两度盛开。那时，玫瑰花会紫成一片带着香味的云彩，虚幻缥缈腾挪云涌在玫瑰园。逼迫着土地的呼吸会不时地急促起来，大口大口地吞进玫瑰花的精气，呼哧呼哧地吐出体内的酸腐。唧唧鬼子大山雀，也会经常站在玫瑰园旁边的杏树上，深一脚浅一脚地不断随着那呼吸发出自己惊讶的吱吱声。酸枣树是村庄常见之物，它还特别善于在地下游走，这里那里地像个打不死的战士般不断从地里冒出来。修剪好它们就是为了守护花园的西北处，抵挡不友好的人类和畜类来糟践花园，也是为了秋天品尝金黄黄酸甜可口的酸枣。用带刺的植物做防御工事，是个好主意。与花园相连的土坡也是开放式的，虽没有正式道路，但人只要想就可以随意出没。坡上自然生长着锋利的灌木红花锦鸡儿，也是带刺串根。适量地在花园周边培植带刺的植被，就像是女人为守护自己心中的圣洁而栽种的桀骜不驯与犀利的唇枪舌剑之树一样。山杏树，在村庄里到处都是。山桃树、榆树、山楂、暴马丁香、牡荆也是常见的树木。花园四周生存的这些树木都被留存，与那些锋芒植物和一些木栅栏结合形成了一道天然的树木围栏。即使这样，去年村里人养的山羊还是在冬天无人之时毫无顾忌地冲撞越过花园的木栅栏，把一棵半大不小的榆树树皮啃光，导致那棵榆树死亡。围栏不会做到密不透风，透与不透，张弛有度，才会让花园与周围连成一体，自由呼吸。

　　建设花园，是一个缓慢而又愉悦的过程。开出一片荒地，牡荆、山楂、榆树盘根错节，去除哪一种都需要付出一镐一锹的努力。冰冻三尺非一日之寒。祛病如抽丝。有些地方要下猛药，有些地方需要食疗就可病愈。肥沃的土地被翻耕出来，夕阳西下，土地被金色覆盖。栽种什么还要有个研究。村庄少雨多旱，海拔近 1000 米。我们决定移栽村庄里的花草，花园面积有限，品种尽量齐全，让村庄里的野花集聚在这里。

　　玉竹是第一位来花园的使者。它的茎一节一节地拔出像竹节，摸着有细微的棱，椭圆的叶一片一片坠在棱茎，偏向一个方向。

玉竹好繁殖，是低矮类美化品种。矮化的花草还有景天三七、鼠尾草、铃兰、小花杜鹃。几年间，花园边缘、步道旁边、堰阶之上都让它们占据。这些高出土地最矮的花草在整座花园里形成了一个隐约的层面。横竖齐整，长长短短或随弯就弯地排列。它们紧紧依附在土地上，春天来了，长条状的绿色一下一下往上涌动，就像一条绿色的河流在平静的流淌中慢慢涌涨，等到了一定的高度就翻卷出各色的小浪花滚动在花园中，连同它们一起滚动的还有小蜜蜂和大黄蜂。土地带领着这些家伙在花园里翻云覆雨。同玉竹相似的植物还有黄精，黄精叶轮生，能够长到17层，高度有1.5米左右。大叶铁线莲、红旱莲、糙苏、藜芦这些植物与黄精相仿。它们就在这个高度欢喜。再高大一些的就是山楂、冷海棠、李子和香椿。花园里70多种花草树木高低错落，分散在各处。坐在花园西北角的凉棚喝茶，抬眼就能看见近处的小花溲疏、大花溲疏、岩青兰。远一点的与花园中心老核桃树相连堰阶最西头的山楂树上，秋天里一片暗红。6月，红艳艳的山丹丹高过堰阶会送来回眸一笑。沿着山丹丹前方的更远处是另一处堰阶上方的迎红杜鹃，点缀在色彩单薄的早春花园里。杜鹃花一朵朵的，照亮着整座花园的早春时光。

花园里有几条小路。从家里走出来，左转进入村庄主路，走了40多步，往右侧斜着就踏上了花园外的台阶，推开木栅栏，是玫瑰园。玫瑰园中间有条小路，用十几块步道青砖，隔开铺就而成。玫瑰开放时节，置身玫瑰园，可以痛快地洗个玫瑰浴，心还会像小鸟一样在浅显的水洼里不断扇动翅膀。穿过玫瑰园右转上了一条坡路台阶，便进入到花园第二块地，穿过第二块地靠东侧的石头小路，便是与第三块地相连接的也是靠右侧的台阶。只不过，那的台阶正好在老核桃树下，用的是大方砖。散步时，可以随意席地而坐，坐在一片或绿色、或花色或春色或秋色的敞亮幽美之境里。第三块地的西北角是凉棚，凉棚的后面是第四块地酸枣园。在花园里，随意走动，都有小路连接，走一个圆圈，走一条直线，走一个 8 字都可以，没有规矩。花园里的花草树木被一条条小路隔开，又被一条条小路连接。随便站在哪里，既能闻见近处扑鼻的丁香，也能看见远处黄黄的狗舌草。既能蹲下采几支石竹，想念妈妈，也能隐约看见远处的韭菜花上面徐徐吹动的秋风中，仿佛有爸爸在旷野中采摘韭菜花的身影。单棵的乔木茁壮高大，枝叶筋道，生机昂扬。密集的灌木围拢在一起，葱郁蓬茂，曲折纠缠，细腻如泥。矮小的花草成片，一笔黄、一笔白、一笔紫，或平行或交错，色彩斑斓，朴素童真。小路长长，尽头的植物身影像萤火虫样忽闪忽隐。小路宽宽，路边的植物近在眼前。路让植物花草们分开，保持友好的距离，各自开放，没有伯仲，只有不同。花园的出门口处，一丛大芒草是花园的座上宾。孕期时大芒草的肚子长长的，就像鱼肚子样饱满。而在明媚的秋天里则身体通黄，尖状的长叶片不断随风哗哗地挥舞，仿佛清晨的一群麻雀在不停地说说唱唱。

村庄最不缺的是石头。花园里安放了几处石凳。石凳就像花园里的驿站，是人歇息、喘息、赏花、冥想、读书的场所。最大的一块石头上的平台能坐 4 个人。石头紧挨着花园里的土坡。每年 7 月杏儿成熟的时候，独自坐在石台上。身后坡上，杏核啪的一声落地，晃晃悠悠，哟，没有站稳，再次沿着斜坡哗啦哗啦滚落，停。一连串的声音安静地流动着，我的心也仿佛成了杏核里的杏仁，随着我的身体之核从坡上滚落下来，依靠到了一粒小石子、一根小木棍、一个小泥窝处停下，享受着成熟后逃离的快乐。还有一处石台，稳在六道木的身边，伴着一簇翠玉。人可以把六道木请进花园，但不可以让它孤独，有了这块石头就像它们依靠着深山老林一样，不必太想念以前的日子。芍药，太妖媚了，特别是多层的紫花芍药，我们把它栽种到了用大石头垒砌的坎下，不然，多层的紫花芍药开放时，谁也支撑不住，只有那些硬邦邦的石头才能抵挡住它要死要活的灼灼风华。花园里用石头垒起来的堰阶年代久远，长着银粉背蕨，夏天的叶片舒展开齿状小爪子，冬天则把叶片卷起露出银粉样白花花柔软的脊背，不知道它在与堰阶做着怎样的密谋。堰阶坚固与土地成为一体，护佑保持着自己的一方水土。花园里护坡用石头垒起了两三层，是坡与地的分界。土地里的细小石子也是无价之宝，它会把黏粑的泥土撑开，流出细小的空隙，保持着花草根系的良好透水性。

花园里的花草植物绝大部分都是村庄里延续下来的。外来的就是银杏、黄栌和牡丹。曾经栽种了木槿，但它没有熬过在山里的第一个冬天。银杏栽种了几年，虽不是长势茂盛，但还是坚强地活着。牡丹活了下来，还没有开花。慢慢来吧，总是要在花园培植一些能够适应本地生活的外来品种，让花园能够呼吸一些新鲜的空气。有适合外来植物生存的土壤和气候，自然它们就愿意定居到这高山花园里。

今年园子里来了许多的鸟，也许以前它们就来过，但我没有注意。注意到的就是北红尾鸲，总是成双成对，围在花园里外飞呀飞的，鸣叫非常悦耳。褐头山雀曾在花园里一棵年轻点的核桃树的树洞里产卵育雏。我以为这是有别于麻雀，喜鹊，村庄里最美的鸟了。没承想，今年春夏园子里的一缸水招来了村庄里的许多鸟，有十五六种吧。红眉朱雀雄鸟的羽毛粉红粉红的，金翅雀雄鸟的羽毛金黄金黄的。山噪鹛是中型鸣禽，身子灰褐色，尾巴大大的，玩乐时上下摆动，悠然自得。它的喙蜜黄色，鸣叫不规律，想怎么唱就怎么唱。一天之内，它3次来到花园对面的山上鸣唱，仿佛儿时母亲怀抱着我时哼吟的小曲。在网上看到它的视频，在山林里的一棵树上它持续鸣唱了4分32秒。身子小，能量大，小小歌唱家。有歌词的歌曲不难，难的是没有歌词，却非常欢喜不厌烦不厌倦地鸣唱。我学习着山噪鹛的样子，喜悦时高兴时唱一唱，由开始的5分钟、10分钟唱到了15分钟直至20分钟，不知道以后还能不能突破。鸟们突突的飞翔、喳喳的鸣唱让整座花园在寂静中仿佛越加安静了。安静，花园里的花花草草。安静，花园里外飞飞落落的鸟们。有一种安静是有声音的安静。静享时光、静听时光的安静。

我为什么要建设一座花园？脏兮兮的泥巴、湿漉漉的露水、可恶的大蚊子、惊悚的两条毒蛇，都不能阻挡自己的执着。我喜欢走在去往花园的路上，急切、盼望、未知、愉悦。现在，我与花园一周见一次面，一次两天。我喜欢站在、蹲在任何一种植物花草的身边，给它们浇水、剪枝、修型、整理杂草。一年三季给它们拍照，记录它们的成长过程。在花园里，我有做不完的事情。冬天过去，春天来。花园来了，我也来。

人世间，许多事情都要经过时间的筛选，剩下的都是自己的。栽一种植物，活了；栽一种植物，没活。继续栽种，继续收获。无论生，无论死。它们都是我人生花园里的种种植物。我站在植物面前的安静，就是我站在一切劳作后得到满足的安静。花园里的众多植物，都在我生命的进程中曾经出现过，不然，我见到它们怎么会如此欣喜？如此不讲代价的接受？

我原来是座花园。花园承载着我人生所有未知、启蒙、智慧和收获的经历。那些默默承受的风雨和污浊都变成了养料，滋养出了苍老褶皱下埋藏的深刻年轮和蓬勃茂盛的枝枝叶叶。

花园里的土地，还会让那些植物长成怎样呢？一年生、多年生的植物，一刻也没有停止过生长的欲望。

2022 年 3 月 25 日《中国艺术报》

陷落从童年开始

一

我爱陷落。陷落在一段段美好的情节与事物中去。我的脚印就是最好的证明。每一次陷落，脚印都密密麻麻地写满陷落的细枝末节。那些细枝末节每次从发生到结束就像日本抹茶细腻浓缩成一团团绿色的粉末，而当我要回味的时候，把它放到生活滚烫的水里，瞬间就会融化成一条温暖带着茶香的河流，在我的眼前声色香郁起来。

一出生，我就陷落在一座村庄里。我的脐带与母亲刚刚断开，一阵山风的清凉就把我从娘胎中惊醒，我哭了。哭得不知道所以然。仿佛我用哭赞誉了母亲 10 月怀胎的辛苦，用哭告诉母亲我很健康，用哭向已经出世的 5 个哥哥、姐姐宣告：那个在娘胎里就已经开始与你们争夺香美食物的小家伙出生了，我们面对面的较量现在正式开始。事实上也的确如此。我的大姐听到哭声，就怂恿我 3 岁的小哥去向母亲提出把这丫头送人算了。1966 年，全国人民都处在水深火热之中，我们家再加上我，就是 8 口子人，日子艰难程度可想而知。父母才舍不得我呢，而当时真正的事实是，小哥也没有说，大姐也是不愿意哄我，才出此狂言。小时候，我尿炕，母亲打我，我就跑到父亲的被窝，一个漂亮的肉蛋蛋，把父亲美得恨不得我天天尿炕，不再长大，一直能在他被窝里滚来滚去。我与哥姐们的战争也从来没有发生过。二姐为了看护我，10岁才上学，而且还经常眼睁睁地看着父亲做好吃的给我。二姐的口水一定流了不少。小哥则是我心中的领袖。上小学后，村里的男孩子经常招惹我，我从不示弱，而且还会趾高气昂地痛骂他们。不是我的底气足，而是我身后边总是站着威风八面的小哥。他当时是村里男孩子队伍的领军人物，经常带着男孩子们"挖战壕、排兵布阵、进行实战演习"。无论遇到什么事，那都得给小哥面子。为了表示我对小哥的敬意，我总是帮助小哥做晚饭，替他抱柴火、烧灶，一切听他指挥。有一次，小哥竟然放开手脚，让我做"蝌模馏㕤"，其实就是像蝌蚪一样的凉粉。我学习着母亲的样子，放几瓢凉水在铁锅里，边往锅里撒面边进行搅拌，还要往灶膛里添柴。看着一锅面糊糊熟了，就往早已准备好的水桶上的"蝌模馏㕤"盆里，一勺一勺地盛，放得差不多了，再把那些面糊糊用铁勺沿着盆边不断地转着圈压下去，一个个小蝌蚪就噼里啪啦掉在了水桶里。很成功，半水桶的"蝌模馏㕤"游在水里，白白胖胖的。看着晚饭时父母哥姐们吃得香甜，我的心里美滋滋的。其实，那天的"蝌模馏㕤"吃着面糊糊的。还有些没有充分在水里展开的小生面坷垃。但父母哥姐们也没有表现出吃不下去的样子。他们的默许给了我很大鼓励。我的童年就是这样陷落在父母哥姐们的无限疼爱里。以至于，我没有记住他们爱我的更多故事，而总是记住了自己曾经犯过的错误或者不足。比如这次没有母亲做的好吃的"蝌模馏㕤"。

我的父母不怎么会表扬人，但他们的目光也从来对我没有犀利过、狰狞过。即使有时他们会发火，但似有火光的眼神背后却总能让我瞬间捕捉到他们不舍得发火的胆怯之情。爱有时候呈现出来的不是霸道，不是直接地表扬，而是在爱的力量面前所呈现出的胆怯与放手。爱是一道墙，它会让一切不合理的冲动、谩骂、发泄止步不前。爱，在那时，它会说：好了，我是爱你的。

陷落在大家庭的爱里，这种爱成为我一种坚硬的保护壳，让我在村庄里自由自在地生长着。我的小学是在本村读的。学校离我家只有5分钟的路。读书是快乐的，至于怎么快乐，我也不记得，只记得自己学习成绩还不错。最不喜欢上的是音乐课，还是不知道为什么。一般音乐课会安排在上午最后一节。一次假装肚子疼，向老师请假。又不敢回家，怕母亲知道了会挨骂。就跑到后山上的灌木丛里躲了起来，直至听到学校放学的下课铃声才回去。好在这样的秘密没有被发现。对音乐的恐惧还延伸到我读师范的时候，那时候的音乐老师总是坐在钢琴边，一边弹琴，一边让我们听音。do、re、mi、fa、sol、la、si，就这几个音，非得强迫我们听出此时的"do"是哪个调的"do"，此时"re"是哪个调的"re"。这样难度的听音，老师应该给有音乐天赋的同学听。而对我这样没有音乐天赋的学生，简直就是折磨。音乐的功能本来是带给学生们美感和享受，而老师却多少给我的心理造成了障碍。真应该提议当老师首先要学一学学生心理学。多亏我有爱的保护壳，这样的每次折磨才会像蚊子叮了一下，自己挠挠就过去了。

村庄里的家坐落在山脚下，就我们韩姓4户人家，形成一个很小的自然村，地图上的名字叫北营。黄土洼村就是由"北营""高家台""上沈家"等十几个这样的小自然村组成。到村里没人知道我大名，要说北营殿武家的老丫头，人们都知道是我。由于没人看管，我6岁就上学了。在学校有人管，放学后，就是我自己的天地。一个小丫头片子，能做些什么呢？父亲给我准备了一把小镐，一个小布包。我做着上山刨药材的准备。春天来了，一个小女孩，每天放学回家，把小布包套在前胸，扛起小镐头，转腿就上山了。上山没有路，药材也不会长在路上。东一棵，西一棵，迂回折返着一路上山。我刨得最多的是柴胡，我的力气也只能够刨柴胡，像苍术、知母什么的，不是根系庞大，就是根系太深，我刨不出来。今天刨点，明天刨点，我的一双小脚丫满山跑着。刨得既认真又仔细，每次我并不急着从山底走到山顶，而是根据自己的能力，和山上药材情况而定。其实，我要在自己家后山上刨药材，是不容易的。哥姐们或者邻居的哥姐们，早就把后山的领地进行了较为全面的扫荡，那些大个漂亮的柴胡早就收入他们的囊中。然后，他们的目标就往更远的山上转移了。而我这么幼小，只能在家门口的后山刨他们看不上眼或者是漏掉的弱小柴胡了。不过，我从不气馁，而是一再认真而又耐心地刨着。一镐一镐地，一片山场一片山场地刨着。在把柴胡秧拧掉留下柴胡根的同时，就在思考着下一步迈向哪里。整个春夏，我的小身影一直在后山上移动着，没有从山上滚下来，顶多会栽个屁墩，或者是出溜一段山坡。在山上只有我和那些没有我高的植物及药材，还有一种可怕的"骚蚂蚁窝"。我不知道孤独、害怕为何物，我只知道不能靠近那个"骚蚂蚁窝"，不然一脚踏进去，它们会群起而攻之，要了我的小命。印象中那个春夏，我只为刨药材而忙碌，我用自己挣的钱买了一双白球鞋。山，就是一座宝藏。它不说话，等待着，我去爬去登、去刨去踩，举着我到山顶，去吹上面清爽的风、去俯视松林翠绿的呼啸、去看坡上粉粉的山樱桃花由眼前瞬间就变到了自己的脚下。山是最好的智慧启蒙者，它鼓励我自己登上去，自己一小步一小步地解决下一步的去向。父母不在身边、哥姐不在身边，只有山在身边、只有小小的信念在身边。我登上去了，我看见了全村的面貌，还有山脚下自己家灰白色的炊烟。我天天地登上去，我不时地登上去，我想登上去就登上去。喜欢读书，我就攀登在阅读的路上；喜欢文学，我就攀登在写作的路上；喜欢真情实感，我就攀登在真诚的给予与付出上。以后的岁月中，攀登的陷落一直像风一样不离我的左右。

2019年的一个秋日，大姐、二姐与我回去看望92岁的老父亲，午饭后我们决定，去南沟的几棵山楂树下拾山楂。秋天的山楂已

051

经熟透，面面地酸甜，比药店的山楂丸还好吃。我们在南沟穿灌木、走荆棘，寻找着几棵山楂树的身影。许多金黄的落叶松针扑簌簌不断地抖落在微风中，黄黄的薄雾飘荡在山谷。随走随赏。二姐说："真漂亮！"大姐则在另一片灌木丛中继续寻找着山楂树。结果我们在一个地点汇合。山楂树没有找到，回去，还是往哪里走？我们决定继续前行，奔黄洋沟那条路再回去。走到南沟的尽头，抬眼看从沟底到黄洋上面并没有路，我们有些犯难。但我们决定走直线，硬生生地我们仨穿越荆棘爬到了黄洋的那条路上。有什么可走的呢？又脏，坡度又陡、手抓着那些灌木随时会被拉得粗糙，甚至荆棘的刺会随时刺入肉里。二姐穿的牛皮鞋会随时被毁坏。非得要走这一遭？是的，非得走！就是要告诉这些山、这些树、这些鸟，这三个丫头片子又回来了。我们仨每一次回来看望父亲，也是看望我们童年的山山水水。如果只是在炕头上坐坐，陪父亲吃顿饭，那是多么不够意思。踩踩泥土，蹬蹬群山，与每一缕山风亲吻，仰望每一朵白云。只有这样，童年的记忆才会从不断陷落中心的最底层瞬间腾起，悠然心会地跳到枝头像喜鹊一样喳喳地叫着：童年时的家乡就是天堂里的样子哟！

童年时，天堂是做什么的，与自己无关。与自己有关的就是今天我要做什么、玩什么。吃饭的事不用我着急，穿衣的事也与我扯不上关系。秋天的清晨，晨露打湿了成熟的红小豆。父母与哥姐们早早起床，潦草地吃上几口饭，就急忙地下地收割了。露水让本该炸裂的豆子壳还能够维持到今天的清晨，继续合拢在一起。如果等到白天太阳出来，成熟的豆子就再也不能听豆壳的话，争着抢着要出来滚向早已向往的土地，伸腰、站立或者是做上午的课间广播体操了。每当清晨，父母哥姐们走时，指不定谁会叮嘱我不要做什么，但一般不会告诉我做什么。我虽然小，但我非常想与他们一起行动。但我自知我还是不要给大人们添乱了。他们好像总是从离我们家近的地方收割，然后再往它处割去。那个时候，我会慢慢地攥着小拳头，一步一步地奔向那片田野。看有没有大人们收割时，遗落在地里的红小豆的豆角，或者是露水也没起作用就炸裂开来落在地上的红小豆。如果有，我会一粒一粒地拾起，放在自己的小袄兜里。如果是成熟的豆角，就用小手把那些红豆豆剥离出来，再放进小袄兜里。红色的小豆豆，就像一个个小玩伴，与我做着发现、捏住、提取、装入的游戏。那些散落在田野各处的红小豆都到我的小袄兜里集合了。当我的小袄兜快要满满的时候，我会悄悄地走回家，把它们翻倒在里屋的炕上。然后也许我会拿起瓢喝口凉水，再去那片田野里继续寻找。也许我又会去一片还未收割的玉米地里掰几个能够烤着吃的嫩玉米棒子。再或者，我会爬上门前的大海棠树，去摘点红红的冷海棠。然后再出溜出溜慢慢地下得树来，把二十几颗红红的冷海棠运回家。一个秋天，我就这样出去回来，再出去再回来。我的小袄兜里总是盛满秋天的果实。这些果实都如实地放到了家里。大人们做他们的事，我做着我能够做的事。我的小袄兜没有属于我自己的东西，有的东西都与这个家相连。我的小袄兜就像父亲的药材布袋，母亲手里的荆条篮子，大哥的背包、三哥的挎包，无论我们走多远回来，布袋、篮子、背包、挎包、小袄兜都不会是空着的，它们都会把我们发现的爱放进去再带回来。

　　童年的陷落，是每一年每一天每一刻的。14 年里，在粪堆上跑，在野地里跑。看鸡、喂猪、割草、打柴，用镰刀欺负一个倭瓜。用小手掐着趴窝母鸡的翅膀，把它抱在怀里，再用小手伸进母鸡的屁股，看它的产道开了几指。当得知蛋在鸡屁股里硬硬的热热的时候，再把母鸡妥妥地放回窝里，然后就美滋滋地等待着母鸡咯哒咯哒咯咯哒下蛋时的叫唤声。我就这样一直在自己的村庄和邻村转悠，我记得与人在一起的事情不是很多，我的记忆大部分都是我在哪里，我怎样玩的，怎样想的，我见到了什么。14年里，我出过一次山，是随母亲到北京人民医院看望重病住院的小哥。怎么去的，母亲与小哥说了些什么，我也不记得。我只记得，回来时，坐车公共汽车到高崖口，阴雨天，汽车不上山。巧遇在山里教书的一位老师。我们结伴而行，翻越溜石港那道梁，我们4个多小时才到家。我没有让母亲背我。那年，我6岁。母亲把我这个小袄兜紧紧地用脚印缝在了她的身上，小袄兜没有破损之处，严严实实的，一点也不透风。她温暖着我，我温暖着她，一直未曾离开，也永远不会离开。

二

陷落无处不在。过了知天命的年龄，陷落可圈可点的事情多如牛毛。

2019年11月24日，预报大风，阵风可达7级。我与爱人决定去昌平与河北交界处长峪城方向的黄花坡长城。海拔1427米的烽火台边上，狂风如刀，刮得手和脸生疼。我匍匐着靠近烽火台下，依靠着烽火台的城墙，站在那里。一条大红围巾随着狂风左右飘荡，人与长城却稳如磐石。眼睛往右看是塞外碧青色的官厅水库。往左看，是莽莽苍苍塞内的褐色连绵群山。塞外的风真的太够猛烈，太够强劲，太够意思了。大风只允许我这样左右各看一眼，如果再长时间，风都不能够保证人还能不能够完整地站在这里。风有风的重要任务要完成。爱人手里的相机盖不停地翻飞，咯棱咯棱不停地拍打着机身。然而，就这两眼我已经绝对的满足了，就这样的几张照片我也非常满意了。人生真正惊艳的景色何尝不是在险象环生处的一两个瞬间一两个片段呢，比如考试，比如结婚，比如生子。在去往长城的途中，迎面遇到一支登山队伍，我问他们长城还有多远，他们说，不远就到了。风太大，他们没有上去。再往前走，又遇到3位男同志。问他们，长城还有多远，他们说不远了，能爬上去。这支十几个人的队伍，只有3人登了上去。其余的全部被塞外的狂风挡了回来。而我是登上去了，我必须登上去的。这样的信念，不是盲目，而是儿时生活经验的陷落告诉我：这样的天气是可以登上去的。这次登长城是我今年早有的预谋。在休息日里，春夏秋人们都忙着出游。而我却在村庄忙碌，春天种花种草，夏天收拾聚园的边边角角，秋天采野韭菜花、捡拾山楂果。初冬来临，树叶落尽、群山肃穆，一切关于山里的一切都显露出来，石头、树木、野草、青苔、松林再也不想让任何东西遮蔽隐藏，它们纷纷甩掉身上的沉重，个个都像刚出笼的鸟儿般突突地真实地飞了出来，裸露了出来。潇洒疏林长出了一口气，端庄大树威武神勇显露无遗，高山杜鹃幽绿的眼神明亮无比，诗意白桦树的脸上胀满了红晕。成片成群的荆棘像灰褐色的绒线，把山峦中的一切疏密有致地穿梭起来。风不来，静静的山谷静谧得深不可测，仿佛在策划着一场冬日的阴谋；风来了，它们从塞外一路风尘排山倒海般涌向昌平与河北交界的山谷，在这里与原始次生林强烈交锋。呼呼的风声一阵一阵地辗转盘旋在树梢嗷嗷地狂嚎，就像是单纯而又激荡的口哨声，声声震耳又悦耳，一波一波地奏响。一群白腰朱顶雀则在树林里翻飞着、鸣叫着，仿佛狂风在宣泄自己的欢笑声中还用嚎叫与白腰朱顶雀做着调情的游戏。昌平西部最高处的冬日风光，我的心与白腰朱顶雀一样共同陷落在这恣意狂烈的冬日图画之中。一位识别北方鸟类的老师告诉我，白腰朱顶雀很少见。在《北京地区常见野鸟图鉴》上的标注则是罕见，发现的地点也不是昌平地区。

14岁那年，我被昌平师范录取。由此我的身份由农民转为城市居民。入学前，当教师的大姐给我剪了"运动头"，就是像男孩子一样的短发。在昌平师范读了3年书后，根据由哪里来还要回到哪里去的分配原则，我回到家乡曾经就读的唯一一所中学任教。教初一数学带班主任。我的年龄只比学生们大7岁，但我已经是他们的老师了。每次从办公室走向教室，我都扬扬得意，为我的聪明、我的智慧、我的见识。同学们上课时，也总是会传递给我认真听讲和羡慕的眼神。他们一定会想，自己也一定要好好学习，要向韩老师一样考出去，走出大山。除了羡慕我的职业，同学们一定也会喜欢我的穿着：紧身衬衫、牛仔裤、高跟鞋。那时，农村根本没有电视，孩子们的见识也就只能从身边的人身边的事上获取。本来，我带的班到初二结束，应该继续让我跟班走，可校长却以我没有教毕业班的经验而取消了我跟班走的资格。本来想显示一下自己的本事却遇到阻力。我不想与校长争。想想自己读初三时，常常看不起我的数学老师。好多数学题我都会做，他却经常眨着大眼睛故作镇静但却毫无办法。他还扬言：韩瑞莲肯定考不出去。而我却毫无悬念地考上了。当然这是后来有人说与我听的故事。就是后来同学们聚会，我把当时的事当作玩笑说给那位老师听，那位老师听了后，又重新微笑了一阵。在微笑声中，他仿佛又回到他的年轻时代。每当遇到问题的时候，我都不会纠缠，就像小时候刨药材，这片山场没有，就去另一片山场找一样自然。于是，我继续教书育人，但我明显地感受到自己心里却有新的萌芽在蠢蠢欲动。在那个人人鄙视农民生活的时代，我也不能逃脱世俗的侵扰，明显地与家乡的土地、与脏兮兮的农活产生了距离。23岁，我结婚并把家安在了昌平县城。每周从山里回县城过周末。每周休息一天。周六中午，学校有一辆"130"卡车下山，办事或者是送需要回昌平或者山下的老师回家。经常是坐在卡车外面的露天车厢里。遇到冬天，穿着军大衣，席地而坐。车子开起来，呼呼的山风从脸边吹过，真是冷啊！那时真的会抱怨，我为什么要出生在这深山里呢？遭受这样的境遇和折磨。3年昌平师范生活的最大感受，是自己渐渐地强烈地感受了城乡的差别。县城有电影院、有商场、有女孩子喜欢的连衣裙和帅气的男青年。县城文明对我的强烈冲击，不亚于塞外吹来的7级寒风。塞外的大风到春天会自动变得和煦而温暖，而城乡的差异对自己的冷酷冲击却一刻也不想停歇。身体的冷暖是有许多办法可以解决的，何况自己小时候经历的寒冷与现实的冷比起来根本不可同日而语。可人心里的寒凉什么时候才是个头呢？要说自己当时已经相当不错了。教师收入不低，工作也非常体面。与我同龄山里的同学们大多没有读到高中就回家务农了。可能是小时候，自己总在山上玩的原因。总想往更高处的山去看看，至于高处是个什么样子，又有谁知道呢？边工作边读书的萌芽渐渐破土而出。3 年自学高考专科《财会专业》毕业。有文凭在手，就日日想着变换工作。变换工作还有女孩子内心一个简单的原因。那时，老师们都定期或不定期地到昌平进修学校进修学习，经常看见年长的女老师们个个穿着黑色呢子面料的半长大衣，手里还都拎着个黑色的皮包。如果，我还继续做教师工作，难道，我这一辈子就要像她们那样穿着？千篇一律，毫无个性。

无论什么样的陷落，往往都与身边周围环境有关。每一次陷落都是一场既痛苦又幸福的思考，也是一次又一次地与参照物的抗争与较量。

1991 年 1 月，我如愿以偿，到昌平电视台工作，做了一名女记者。记者的好处就是天天与新闻打交道，天天都有新鲜的东西在闪烁。做新闻、拍专题，10 年的时间里，跑遍了昌平县城的山村和乡镇。10 年，我陷落在比黄土洼村更大的村庄里。虽然，我偶尔也会有一些外出旅游与学习的机会，比如第一次单独坐飞机去云南，与同事一起去成都和九寨沟。但我大部分活动的区域都是在昌平县城还有昌平县域范围内。10 年里，我得到过我们广播电视局局长的一次表扬。他在一次全体会议强调工作该怎样做时，不经意地说：你们要像电视台小韩那样，学习着写点东西，你看看人家能在《北京晚报》上发表文章。那时，我在《北京晚报》上发表过《粗后跟与女人风》《由三十岁说开去》两篇散文，内容与电视无关。前些天，我还在老局长居住的小区看到他，他已87岁高龄，与他聊起电视台的事，他还记忆清晰。他说：你现在发展得不错，我那个时候没有重用你。他用歉意的幽默表达了对我的鼓励。其实，他哪里知道他的那次表扬对我来讲就是一次比重用还要重要的重用。那天下午，我与老局长在小区的椅子上晒着太阳聊了有半个小时。10年里，我曾做过一个栏目《昌平百姓故事》。养羊、养猪、养牛的专业户，废品回收能人，人残志坚的励志典型，优秀教师等等，100位昌平百姓连同那些牛、羊的叫声，人行走的动静、讲课的声音都活灵活现在电视银屏上。在昌平县这个大村庄里，各行各业的能人、优秀的人太多了。那个阶段，我天天会遇到不认识的人、不懂的事情。天天都在实践中学习，天天都陷落在工作的忙碌与欣喜之中。当我林林总总把这些具有代表性的人物拍完，我大脑里的词汇储备也近乎枯竭。10年里，我东奔西走、走街串巷，无论春夏秋冬、无论严寒酷暑，我就像只蜜蜂一样，不断地采蜜酿蜜，而后那些蜂蜜都被放在电视的窗口上甜甜地诱惑着电视观众。像蜜蜂劳作可以，但我绝不想做一只短命的蜜蜂。我想我又该进行能量的新转换，或者说，我该从电视台的陷落中拔身而出，去另一场陷落中栉风沐雨了。我的陷落好像是以10年计的，没有一定时间长度的共情，都不可以称之为陷落。

时间的成长一直是那么稳定持续。时间不会因为任何的骚扰而动心，日日夜夜来来回回地再不断增加着时间的长度。

2008年，奥运会在北京召开。11月底，昌平文联成立。我到文联任职。领导说：你确定你要到文联工作吗？那可是被边缘化的单位。我当然确定，在我心中文化文艺一直都是自己灵魂中最深刻的一部分。对写作的热爱，就像我儿时在粪堆上跑上跑下充满着童年的快乐。不要嫌弃粪堆，那些可爱的粪可是土地最好的营养。文化文艺也是人类最好的营养。

1994 年，我儿子出生。在这之前我还生过一个女儿。女儿只活了 99 天就走了，因为患有先天性心脏病。就在女儿出生后，我还不愿意喂她母奶。年轻又任性！女儿走后，感觉自己做母亲是多么不合格不称职！当儿子来到自己身边时，感觉自己才真正长大了。千言万语只能化作写作。1994 年，我的第一篇散文《母亲》发表，那张报纸被单位同事带给在家休产假的我。之后，发表《做母亲》。儿子在 5 年级写过一篇作文《坚强的母亲》里，曾经提到我失去女儿这事。当老师让儿子读他的作文读到这事时，儿子泣不成声，不能再继续读下去。我的写作以每年发表两三篇散文的量而逐年递增。到 2009 年，文章数量已经积攒到 50 多篇。到文联，我可以出书了。要是在其他单位，自己也没有勇气这样做。文联领导需要懂艺术，文联是艺术家之家。当年，由作家出版社以丛书的形式出版了我的第一本散文集《女人，没理由不爱》。女人，就是要爱生活、爱家庭、爱自己。在文联工作后，自己对各个艺术门类都渐渐有了新的认识。如何欣赏一幅画、一幅书法作品？如何聆听一曲优美的音乐？我的写作陷落在艺术的海洋里成了一叶小舟，愉悦地荡漾着。

涉猎的宽泛，会带来视野的广阔。虽然我还一直在昌平区这个更大的村庄里乐此不疲地陷落着。如果说，14 岁我走出黄土洼，非常明确地推开了一道用山作的大门，那么，当我想再次推开一扇门的时候，那门在哪里呢？生活的困苦、工作中的矛盾、人与人之间的猜忌与险恶，这些隐藏在人生暗处的礁石与陷阱，随着时间的脚步纷至沓来，无影无踪、无门无派、防不胜防。这是比一座封闭的村庄更让人胆寒之所在。儿时，那些艰险都由父母扛着。离开父母，这些都得由自己来扛。鲁迅先生说，他从乡下跑到京城 6 年，大事小情都不留什么痕迹。"便只是增长了我的坏脾气，老实说便是教会我一天比一天看不起人。"在昌平区的城里有一扇这样的门吗？通向自己灵魂中理想与梦想的世界？经过千百次的问询，有一束光终于在我的生活中不断地照射进来。随着一篇篇文章的落地，我内心土壤里的营养越来越丰富，我内心世界越来越干净。年轻时，我执着于黑色。我用黑色想告诉这个世界：我不认为身体的纯洁是真正的纯洁，人内心的丑恶怎么够解释人身体上穿着衣物的白色？人到中年，自己内心渐渐平和而又干净，而后对白色青睐而又钟情。我为我的第二本散文集《野花也有梦》写了序《淡眼红尘之白色》。我终于找到了那扇门。那扇门照射进来的光束，引诱着我、诱导着我、指引着我。那扇门的名字叫文学。我用文学来阐述爱，用文学来传播爱。只有爱才能够让一切的丑恶止步不前。我用力推开那扇门，我进入到一个新天地里。那个天地既开朗广阔而又水量丰沛，植被葱翠茂密而又健壮淡然，我想在那里搭窝建巢，像那些鸟巢一样，在寒冷萧索的冬日，给予人最温暖最坚定的希望，每个人都可以找到一条回家的路。

2019年大雪节气那天，我爬上了黄土洼村最高的山峰黑梁尖，海拔1127米。通往黑梁尖只有一条窄窄的山路，阴坡处路上的积雪还没有融化。上山的路，我走了2个小时。站在山梁上，我看见了黄土洼村的村貌，还有山那边河北省怀来县横岭村的长城。童年时曾与三哥刨药材到达过这里一次。那时，只顾着跟随三哥的脚步，我什么也没看到也没有在意到。这次，我终于让儿时的模糊记忆变得清晰。儿时，我只能在黄土洼村里撒欢狂野。成年了，我在昌平城区的大村子里，则经常是从南走到北去上班，或者是从东走到西还是去上班。有时繁忙，有时清闲，有时焦虑，有时欢喜。有时会忘形地爽朗大笑，有时也会痛哭流涕不顾颜面。我越活越自然，我发现我已经是一个在自己爱的方向里能够深深陷落进去的人，那种陷落会时常绷紧一根弦让自己不知道在什么时候，就可以弹跳出一堆一堆的"字儿话"，大呼小叫着有节奏地在我的文章里上演。

　　陷落真美！我必将继续往更深处的爱陷落进去。等待脱去春夏秋的外衣，也许那样的陷落更值得期待，就像冬日的山谷，既深不可测地吞噬一切又一览无余地如一棵裸露的粗壮大树，充满着对生活欲望的渴念，透露着忍耐储藏的窖香。

选自《九月》散文集

二　村庄里的鸟们

　　我的家乡昌平区流村镇黄土洼村，海拔近 1000 米，冬寒夏凉。村庄里有许多鸟类。自己用 3 年多的周末时间观察拍摄它们，与 30 多种鸟儿结缘。它们就像是村庄里生活着的另一群人，在天空行走，它们每一次展翅仿佛都是要把村庄人的梦想带到天空和云朵之上，从更高的角度俯瞰围绕村庄而开阔出去的世界。

金翅雀

村庄里的另一群人

　　村庄里的鸟很简单，都是麻雀、乌鸦、喜鹊、黄谷燕和老鹰。叫声也就那么几下子，是彼是此一听便知。这是简单的好处。长年累月对听力的练习，好听与不太好听的声音都会像年轮一样刻在树或者人的躯体深处。人之所以喜欢鸟，是因为鸟的飞翔。人管不了鸟，捉不住鸟，就像人有时候管不了自己的心，也捉不住自己的心。每到心闲或者迷茫的时候，人就爱看天空。而鸟那时，也就越爱在人眼前出现，仿佛肩负着使命般非得要代替人飞一飞玩一玩。飞够了闹累了，倦鸟归林。夜色里，鸟与人同等，都会发出劳作后甜蜜的鼾声。

　　今春，花园里的两缸水，打破了以往的宁静。

　　清明时节，园子里连接村庄地下水的水管不会结冰了。我们管这叫来水了。来水了，也就意味着村庄的春天彻底苏醒。花园里的两个大水缸，被有力蹦动的水管咕咚咕咚地蓄满。清亮亮的两缸水映照着碧蓝的天空。轻薄无形的水分子们便迅速弥漫在村庄的上空。人看不见到处跑的水分子，而鸟儿们却早已对村庄里的空气密切关注着。水在流出水管的一瞬间，鸟儿们就已经知道了水的位置。它们从村庄的四面八方以最快的速度往这里集结。不用相约，水分子就是牵线搭桥之人。经过整个冬季的忍耐，鸟儿们对水早已迫不及待。

　　准备拍鸟。这个念头从去年深冬开始。深冬时，我们去爬黄花坡的圆楼长城，偶然拍到了两只白腰朱顶雀在树林间的一片雪上吃雪。而在雕窝沟深处的蓄水池旁，还见到了两只北朱雀。白腰朱顶雀头顶的两抹朱红，配着它们蜜蜡色的喙与白褐色相间的羽翅，使得它们就像一面面小旗帜在冬日的树林里带着风声穿行。北朱雀雌鸟的胸部有粉红色的纵纹，在冬日黑褐色的杏树枝上非常耀眼。老峪沟中心小学的谢老师，专门带领山区的学生们拍鸟识鸟，并参加市区鸟类组织，是位鸟类专家。谢老师说这两种鸟他在老峪沟地区没有见到过，并让我记录好拍摄的地点和时间。北朱雀不在中国繁殖，只是在秋季迁徙时有一部分鸟在我国越冬，到第二年春天返回。我看到的应该是迁徙中留宿在村庄的北朱雀。错过冬季，我也就错过了这两种珍贵而又美丽的鸟。好在，我也同鸟一样喜欢穿行在冬季的大地上。

　　想拍鸟，还有一个一见钟情的动机。2016 年 5 月 22 日上午，做完家务，我去园子里赏花、休息，刚坐在新搭建的石桌旁边，就听见幼鸟的鸣叫声，细弱的童音，吱吱唧唧的。有些鸟是在园子石坡上的灌木丛中活动的，起初我还以为那声音来自灌木丛中，循着声音想看看它们到底会在哪里。灌木丛蓬茂密集，看是看不到结果的。听了一会儿，那声音好像离我很近。于是，我就围绕着那声音转悠，突然间就寻着了，就在我身边的核桃树洞里，树洞离地面有 70 多厘米高，细长条状，我的手是伸不进去的。往里一看几个小嘴巴正在张开着要食物呢。幼鸟们不一定知道我是谁，对我也没有任何的防范意识，只是生命的本能在对靠近它的人要些吃食而已。我看看，就马上离开了。想观察幼鸟的爸妈们什么时候来喂食，它们到底又是什么鸟。突突，有鸟飞来了，不大，像麻雀似的。听见爸妈的动静，幼鸟们的叫声吱吱叽叽更欢快了，不停地在撒娇叫嚷。只见鸟爸鸟妈非常小巧，钻进钻出树洞非常灵活，每次要回到窝边，都在树洞的附近树木上中转、侦察，确认无危险后，再迅速回家喂食哺育小鸟。我在附近的一棵桃树下隐蔽下来。终于拍到了鸟妈鸟爸的身影。有它们在树枝上等待回巢的，有在树洞边左顾右盼的，有钻进树洞里半个身子的。回来后，马上翻阅《北京地区常见野鸟图鉴》，仔细对鸟的颜色、身形以及繁育期、生活的海拔等数据对照，鸟的名字应该是褐头山雀。5月28日我回家，褐头山雀的幼鸟还在巢里。等到6月3日晚回去再看，褐头山雀已经倾巢而出了，树洞就又恢复了到了原来的样子。那次拍摄，由于经验不足，拍出来的褐头山雀并不清晰。褐头山雀帅帅的黑色背头让我过目不忘，我很想再次与它相遇在某一时某一刻，亲自告诉它我的喜欢。

园子里的两个水缸在春天里晶莹着。每年都是如此。今年却有更多的故事发生。这两个水缸是我们从山那边属于河北的横岭村买过来的。都是以前农民家里过日子的容器，用以储存粮食、清水，腌酸菜、咸菜。我们买过来，放在花园，就顺便把以前的日子也放在了花园里。每当歇息时，看着这些缸，好像以前的岁月又回来了。一位小姑娘，放学归来，走过回家的大缓坡，小姑娘口渴了，进门第一件事就是从水缸里舀一瓢清水一饮而尽，然后再抿紧小嘴把书包放下，就又跑出门外不知道到哪里疯玩去了。水缸里的水永不枯竭，家里无论谁回来了，缸里都有水。小时候的清晨，经常是父亲去水井挑水，母亲做饭。孩子们长大了，谁要是看见缸里水不多了，都会去水井挑水。小姑娘挑不满水桶，就挑半桶水也要去把水挑回来。水缸里的水是一家人饮用的全部水源。水顺着山峦、长峪城水库、引水渠、水井、水桶、水缸、水瓢、热锅、贴饼子、食道、血液、土地、树林这样的道路一步一步地走下去走回来，水怎么会枯竭呢？水库、水井、水缸里的水就像是大小不一的泉眼，不断地有水涌现出来，滋养润活着村庄里的一切。

4月4日，夜间气温很低，低到冰点以下。清早起来，二哥说，水管子又冻了。白天的气温都升到 8 到 9 摄氏度，夜里气温又低至冰点！吃完早点，拿起相机，去花园。果真，花园里裸露在外的水管子尽头也冻了，只是没有冻实。我们继续放水，一下子就把那些冰给冲出来了。8 点 32 分，一只褐色的红眉朱雀雌鸟来到冰水旁边。过了一会儿，一只黄色的金翅雀也来了。它们探头探脑地品饮着，听到一点动静，就迅速地飞走了。冰雪在鸟儿们的心里是温暖的，在整个没有流动水源的冬季，只有山峦阴坡丛林里的积雪可以供鸟儿们食用。

初春的树上没有叶子遮挡。鸟儿们的行动轨迹清楚得很。翅膀的扇动和鸣叫都可以让我判断出它们离我还有多远，或者是否来到了我的身边。园子里的其他活儿都不重要了。我大部分时间都坐在离水缸很近的地方。仅三天的时间，不断地有三道眉草鹀、棕眉山岩鹨、黑头鸻和褐头山雀，起起落落在水缸的缸沿上。鸟儿们都是机灵鬼，在稳稳地落下前，树枝上探明虚实是必需的。这就为我的拍摄争取了时间。树枝上、缸沿边，停留，张望，低头，两只鸟互相对视，一个个精彩的瞬间，来到了眼前，来到了花园里。整座花园都被小鸟儿们初春的撩拨摇晃而又颤抖着。早春的村庄，村民们还没有开始更多的劳作，也没有村里集体绿化美化的植树活动。鸟儿们要寻找水源，就只能来这花园里。这并不是我的先见之明，而是鸟们的集聚让我如梦方醒。水缸里的水为我的拍摄计划赢得了先机。水缸里的水像乳汁一样让村庄里的鸟儿们成为一家人。

4 月 11 日，园子里的山杏花盛开。花瓣星星点点地飘落在水缸里。园子里越加热闹非凡。红眉朱雀的雄鸟，被雌鸟带来。红眉朱雀的名字才名副其实。红眉朱雀雄鸟眉纹、眉脸、脸颊、胸及腰都是鲜明的淡粉色。特别是眉部一道淡粉色像一个手指肚顺着眉部向脑后涂抹而去，稳重醒目而自由。戈氏岩鹀一人而来，是位孤独的行者，它与三道眉草鹀很像，但戈氏岩鹀的胸部昂扬着大块的灰色。一只红眉朱雀雌鸟正一侧的在缸沿喝水，另一只则来到缸沿的另一侧。后来的这只一看有同类在此，就欢快着顺着缸沿移动脚步来到那只的旁边，用肢体和眼神打着招呼，最可爱的是两只红眉朱雀雌鸟喙对喙地亲吻了。咔嚓一下被我的相机定格。我的心顿时醉了。同性鸟的私密举动比人还大胆。黑头鸲和褐头山雀，都是两两地飞起飞落。黑头鸲像一匹小黑马，它的头部中间黑黑的，与它黑色的长喙相连。黑头鸲站在缸沿上，喝水时昂起头，一口水在它嘴里瞬间被拉长，像甜润的一条小小而又隐秘的溪流流进黑头鸲的心田。这样的好景并不长。12日下午，不知道是谁家的蜜蜂慢慢占据了水缸的整个缸沿，鸟儿们几次接近，都败兴而返。

接下来的几个周末，我只能零星地寻觅和拍摄了。村庄里的农事多了起来，也就意味着鸟儿们的水源多了起来。而我花园里的这两缸水，就只为满足鸟儿们的不时之需了。蜜蜂贪吃，缸里会随时出现蜜蜂的尸体。每个周末回去，我都得把缸里的水清掏一遍，以备给鸟儿们准备清洁的水源。它们什么时候回来，我也许不知道，但它们总会回来。就像我一得空或者是内心一焦渴了就会回到家乡一样的自然，因为那里一直有滋养我的水源在缓缓地流淌着。在这一点上，鸟与我是相通的。

花园里都是山里集聚的野花。它们安静地在地里生长，花开花落。一年四季都是我的陪伴。现在村庄里的鸟也不断在这里聚集。相对于花草而言，鸟儿们是村庄里的天使。它们天天鸣叫着歌唱着，毫无倦意。关键是它们的歌唱断断续续、若隐若现。有时候在清晨的窗外，有时在黄昏的远山；有时在槐树上，有时在榆树上。有时候在鸟儿们的嘴上，有时候在人们的心里。鸟儿们隐蔽的身形里会不时发出明亮的鸣叫，这些鸟鸣就像是蝌蚪般的音符跳荡在村庄里的山坡和树枝上，不时而又持续地给太过宁静的村庄增添喜悦、悠远、思念、怀想的花环。

5月5日立夏，我们去爬村庄里最高峰：黑梁尖。路上没有拍到一只鸟。光顾走路，不能在一个地方长时间停留和山峦上大量嫩绿树叶的遮盖都是原因。下午回到花园散步。白头翁雄鸟带着清脆的叫声出现在花园上方的槐树上。槐树发芽晚，树叶刚有一点起色。白头翁占据了最高点。这个可爱的白头翁叫了足足有10多分钟。它是在用明亮的声音求偶。一会儿，身边来了一只雌鸟，两只共同站在树枝上，并没有亲昵的动作。一会儿，那只雌鸟飞走了。又来了一只金翅雀，金翅雀待了一会儿，大概觉得没啥意思也悻悻地飞走了。一会儿又来了一只白头翁。我也无法判断是不是刚刚飞走的那只。它们就在槐树枝上嘚瑟。白头翁是鸣禽，叫声甜润清脆。后来又有两次看到白头翁还是在那个枝条上鸣叫。我猜想，那条树枝一定是它飞翔路线中的一个落脚点，它一定非常喜欢那个给它带来快乐的高度以及它脚趾握住的快乐穴位，它强化了自己关于快乐的记忆。

5月16日，铃兰还在开放，今年的花更少了些。金翅雀来了。咕叽咕叽。它落在了玫瑰的枝条上。玫瑰的枝条满身是刺，也不知道它是怎么选择的，落稳还不被扎到。许多鸟都有这种本事。玫瑰的刺防人却不准备防鸟。园子里的萱草开了一枝。芍药还在含苞，小花溲疏也快开放了。黄精长到了17层。5月24日发现一种新鸟：乌鸫。它有明显的白色颈环。一只白头翁又在槐树的固定枝杈上鸣叫，还不断地与自己的羽毛和尾巴玩耍。我也要爱惜自己的羽毛，珍惜自己文章中的一字一句。疫情也大大缓解了些，自己可以去理发店烫个头发。6月6日见到长尾雀的雄鸟。在花园的杏树上，它是奔着树下的水缸而来。6月14日，几只暗绿绣眼鸟在花园榆树密实的榆叶间捕食耍闹。一直等到它出现在榆树枝头，我才得住机会，拍到它的身影。

鸟儿们有许多非正式的名字。褐头山雀叫"叽叽鬼子"，嗓子眼叽叽个不停。暗绿绣眼鸟俗称"白眼圈"，它的眼圈整体白色并有一定的宽度。黑头鸦的别名叫"贴树皮儿",表明它是唯一能够头向下尾朝上往下爬树的鸟类。银喉长尾山雀是小型雀类,俗名"团子"。它长长的尾巴是身体的一半长或者还多一点。"团子"像小球一样飞跃滚动在灌木丛中,它还是罗马尼亚的国鸟。

短短 7 个月时间,我耗费心力体力,识别了村庄及附近区域近 20 种新的鸟类,填补了我对村庄认知的空白。这是一幅飞动着的图画,这是我喜爱村庄的有力证据,也是我喜爱村庄的深刻表白。爱从来不是一句空话,爱需要坚强而有力的表达。把爱的鸣叫像鸟鸣一样变成常态,让人听得见,看得见,摸得着。

村庄里有这么多种的鸟。鸟儿们是村庄里生活着的另一群人。一种鸟就是一个族群。一个村庄配备多少种鸟,是自然科学。鸟儿们也不同人争夺地盘,只在树枝,石头缝隙里筑巢。鸟儿们在空中行走,人在大地上行走。留鸟是村庄的主人,候鸟也是村庄的主人,来年它们还能够回来,即使不能够回来,它们也一定会派它们的子孙回来。村庄里的鸟儿们与村庄里的人们同居着,相濡以沫,举案齐眉。

2020 年 7 月 13 日 《中国艺术报》

麻雀

麻雀是最常见的鸟。

下班去超市买菜，回来的路上，秃噜，一只麻雀飞到小区门口的车棚子上，并探头探脑地往路边张望，好像它对一顿美餐还没有尽兴。这也是在老家院子里常有的场景。本来两只麻雀在院子里的花丛中觅食，结果谁一推开房门，两只麻雀立即会飞上房檐，并肩站在那里，头还朝着院子里的方向，不知道如何是好地咕咕着。

清晨，麻雀的叫声因没有任何声音的干扰最显干净。在一静谧院落秋日的清晨，经常会在迷迷糊糊中听一堆麻雀在院子里的树上叽叽喳喳吵个不停。它们要吵 20 分钟左右，直至吵够了，才飞往它处。一堆麻雀都在说话，它们彼此之间不是谁听谁的关系，而是谁愿意怎么说就怎么说。很奇怪，它们说话不是一起说，而总是能够在自己说话时岔开其他麻雀，这样，无论多少麻雀在说话，听着都不会觉得烦躁而且还很悦耳。麻雀无论夜晚睡得多么瓷实，都会走在夜色前面，迎接明天的第一缕曙光。它们温柔的叫声总能把我从沉睡中慢慢唤醒，伴着它们团队欢快的乐曲，我会愉悦地裹着清晨的好时光，擦拭掉夜晚欲望的露珠。麻雀飞走，我起床。

在城区我住 7 层楼。麻雀也住在我室外的空调墙洞里，有三处，都是一对一对的。一个冬日的黄昏，卧室外面的两只麻雀在打架，从窗台到空调口的地段，上下翻飞，死掐乱打一大阵子，猜测是在原有两只麻雀的地盘上，来了位不速之客。最终，无论谁胜出，战事都会平息，日子还得继续过。夜晚，会偶尔听到轻微的鼾声。我曾认真听过许多次，也许是那对麻雀睡眠香甜时发出的。冬天有时天气雾沉沉的，麻雀不会早早地飞走，要在窝里腻歪一会儿。起床洗漱时，我会听见它们在被窝里说话，旁若无人的样子。听麻雀的私密话像是听国外的轻音乐，没有歌词的打扰，只有旋律的美妙。一次晚上下班，走到小区，一群麻雀同时飞往楼区方向，分别落在自己的巢穴里，数了数，最高的有11层。经过一天的劳累，麻雀们都会准确无误地回家。而我要是站在楼下，寻找自己家的窗子，还得数上大半天。

老家的冬天寒冷，麻雀觅食辛苦。一位邻居养了几头猪、几只鸡，成群的麻雀每天都不离猪槽、鸡槽，上下翻越，贪恋着那些美食。等到了秋天，草籽、农作物等吃食多了，麻雀的天地也广阔了。它们成群结队地飞向山峦低处、草窠、田野，四处游荡，彰显技能、追逐打闹、自由玩乐。衣食无忧的季节，让它们飞翔的翅膀越加轻盈。麻雀常常成群活动，一起觅食，受到干扰，马上群起而飞，落到不远处的整座树上。要是落在枯树上，密密麻麻，一树颤动的繁花。突然飞起，突然落下，麻雀整体性的突然变化，是它们长期练就的本领。一条树枝，一条不规则的斜线，准确地落着10只麻雀。一树更不规则的树枝，落下50多只麻雀。麻雀落下的亮相整齐漂亮。它们互相配合，不打不撞，整齐落下。麻雀们的此类行为，是活生生讲团结的一本教科书。

麻雀无处不在。公园的凉亭是它们的老窝。每一层上空的隐秘处都有它们的小巢。一群麻雀住在这里。凉亭的地面上、横座上都是鸟粪。三三两两的麻雀不断地飞进飞出，吱吱叽叽，互相打着招呼。对准凉亭顶部飞行的麻雀，一连串地拍摄。回来翻看照片，麻雀一瞬间在空中紧收翅膀，有了一条小鱼似的样子。麻雀嘴里叼条小虫、小花、小细枝，没什么新鲜，可麻雀在空中像一条小鱼，见所未见。人也可以趴在床上合拢手臂，长时间像个鱼的样子，但人却不能在空中飞翔。那就写句诗吧："麻雀，麻雀，我要飞翔，如你如鱼那般模样。"

我们常见的麻雀是树麻雀或者是家麻雀。黄土洼村庄的春日里，一只山麻雀，独自站在高高的电线杆上鸣叫，显然，它到了求偶的季节。山麻雀头部是鲜艳的黄褐色，这是它与树麻雀深褐色头部最明显的分别。麻雀，繁殖能力强，一年至少繁殖2窝，每窝6只左右，雌雄轮流值班孵化，公平合理。求偶和繁殖期间，它们成双成对。除了南北极，麻雀分布于全世界。

鸟类专家们曾对808种鸟进行研究，其他鸟类大部分只有1种创新性行为，而家麻雀却有44种创新性行为。创新性行为，代表着适应新的环境能力强。山里的麻雀吃猪食、狗食，住草丛、灌木丛。城里的麻雀吃面包屑、煎饼果子和猪肉包子残渣，住楼房、水泥管道。麻雀不想挑三拣四，它机灵的两只小眼睛盯准今天。今天的现实来了，就是今天。活好每一天，就是活好了一辈子。

麻雀

大山雀

大山雀落在花园里的杏树上，闻着花香，醉得眯缝起了眼睛。头两侧的大块白斑被眼部的肌肉瞬间拉起，它的眼睛便迅速被大白斑淹没，仿佛一位顽皮的孩童戴着一个大大的白色耳帽。一只大山雀飞到荒坡的一棵杏树上，另一只大山雀尾随而来，两只几乎同时又越到树的另一端亲昵起来，互相说着亲热的话。杏树叶的芽儿，嫩绿嫩绿地娇美着。

大山雀是留鸟。村庄里的人叫它呀呀嘿。

大山雀喜欢在人居住的周围活动，但它的活动范围很广。春天走向山野，也能听见它在不远处的高山顶端鸣叫："玩去、玩去、玩去。"肉眼看不到，只有循着声音用相机把镜头推上去，才能够在灌木丛中找到它，判断是大山雀。

清晨仿佛是所有鸟喜爱的时辰。鸟早早起床，用鸣叫明示它的愉悦。

6月20日早5点18分，我站在院子外，享受夏日清晨的凉爽。突然听到小鸟响亮的叫声，离我很近。赶紧拿相机慢慢地靠近。一只大山雀在一棵低矮的杏树上，两只灰色的爪子紧紧抓住没有树叶的树枝，正在声嘶力竭地喊叫，嘴巴张得大大的。眼神炯炯，充满着惊恐、未知，不可捉摸。看见我，等于没看见一样，满腹的心事，屏蔽了我的存在，继续着它的喊叫。趁着大好时机，我拍了此刻大山雀的十几张照片。然后，它又飞到杏树上方的电线上，边叫边蹦着移动，声音继续充满激动、渴求、惊扰，一会儿头朝着山峦，一会儿头又朝着我的这边。"吁吁、嘿嘿，吁吁、嘿嘿"，摇头晃脑、蹦跳活泼、左右反转。一只达乌里寒鸦从槐树上的窝里飞到附近的一棵大核桃树上，远远地看着这只大山雀。这时，山外的太阳已经照到高家台后山的山顶部分，黄黄的、软乎乎的明媚。大山雀又跳到电线杆另一边的电线上，继续鸣叫。仿佛光线越来越亮，它的心情也得到了一些平复，喊叫的声音和缓了许多，回归了常态。大山雀，从杏树飞到电线上，再顺着电线一路又喊又蹦地进行本真表演，持续了11分钟。在山村的清晨，能够欣赏到大山雀这样精彩的生活片段，真是生之有幸。至于大山雀为什么在清晨这样激烈、疯狂与生动，那也许是它的秘密。作为普通旁观者的我，用心欣赏着就好了。

这个时节，花园里的萱草正在忘我地开放，娇黄黄的。野地里红彤彤的，满是山丹丹的身影。远山黑梁尖的山坡上则被一层暴马丁香花的淡黄色所覆盖。大山雀一天一天地飞跃在村庄的树林、灌木丛间，一边工作捉拿害虫，一边快乐地纵情玩耍。

大山雀除了头两侧的大块白斑外，整个头部黑色，上体蓝灰色，下体白色，它的胸、腹有一条宽阔的黑色中央纵纹与黑色的颏、喉相连。雄性黑色的中央纵纹要比雌性黑色的中央纵纹宽。无论雌雄，大山雀的俊美和性感都毋庸置疑。与褐头山雀、麻雀等雀类相比辨识度非常高。

认识了大山雀，从此生命中就多了一个说话的朋友，"吁吁、嘿嘿，吁吁、嘿嘿"着讨你喜欢。鸟类专家们说，山雀具有很高的天赋：好奇、聪明、善于抓住各种机会，记忆力优秀。它们会把种子和其他食物藏在几千个不同的地点，以供来日享用。即使经过6个月以后，记忆仍然清晰。还有研究表明，居住在高海拔地区山雀脑内海马体的神经元数量，比居住在低海拔地区山雀脑内海马体的神经元数量多将近一倍。而海马体内的神经元是脑内掌管空间学习和记忆的部分。并且，山雀脑内的神经元数量还会定期生长。至于脑内为什么会生长出新的神经元，鸟类专家也回答不了。生存的环境恶劣，逼迫着山里的山雀要聪明起来、智慧起来。这与我们人类常说的脑子越用越聪明的道理倒一样。高山出俊鸟。生长在高山的大山雀智力也是超群的。

2020 年 9 月 9 日

大山雀

山噪鹛

山噪鹛在我心里是香甜的，就像一层红红的多汁的西红柿上码放着一层薄厚适中的绵白糖。

它常驻山里，我父母也常驻山里。

它鸣唱婉转优美，我父母小时候喊儿女们回家吃饭的声音也婉转优美。

山噪鹛一直在山中鸣唱，我并不知道它，村庄里的人也不关心它。村庄里的人对好听的鸟叫，统称为"这鸟叫得真好听"。

7月雨季。杏子成熟。村民栽种的甜杏树上结满了杏核，杏核多得就像鱼子那般，就等着哗啦哗啦往地上掉了。而村民王巨禄家种的老玉米正在吐穗，嫩紫嫩紫的米穗挂在青涩的米棒头顶。用手摸一下，嫩紫就会很柔软地从米穗上流淌下来，绵软绵软的，令人垂爱。

追踪着一两声的鸟叫，看见山噪鹛，是在一个雨后的清晨。7月18日早6点32分，一只灰黑色的大鸟停在花园斜对面的一棵老杏树上。杏树叶子和周围的树木都湿漉漉的。雨后的清晨天气有些朦胧。山噪鹛的身影也笼罩在那美丽的朦胧中。山噪鹛身材修长，比野鸡小巧很多。尾巴大大的，比野鸡的尾巴含蓄而内敛。看它不那么兴奋，也没有鸣唱的意思。它走，我也回家吃早饭去了。认识了一种新鸟，回去路上迈动的步伐都与往日不同。

还想再次见到山噪鹛。将近上午9点钟，它又出现在清晨的那个区域。但它还是没有过多地鸣唱，只是一两声，我没有听过的，比较大而又独具特色的叫声。期待，等待，行动。生活就如此令人向往。7月19日上午10点57分，我正在花园劳作。花园对面那个熟悉的动静终于来了。锁定区域，一只山噪鹛，在灌木丛、杏树之间欢快地跳跃。当它背脸飞到杏树枝杈上，在介于落稳与非落稳时，会把尾巴朝着花园的方向翘起，大概成60度角状，灰灰的大屁股裸露着。它并不知道屁股是不能轻易示人的区域。等它掉过头来落稳在另一个树杈上，尾巴便漂亮地展开，一把灰色的羽扇衬托着它优美的身形。山噪鹛扬扬头、扭扭脖子、清清嗓子，便开始了它的独唱。尖尖的带着弯曲弧度的黄黄的长喙，咕噜咕噜地吐出莲花般甜滋滋清脆的歌曲。山谷的韵、山谷的悠、山谷的空明、山谷的回忆，一下子从山噪鹛的鸣唱中越出来，一箭击穿了我儿时与现在的生活。我小时候独自在玉米地看护小鸡、上山刨药材，山噪鹛的歌曲是一直陪伴着我这个小丫头片子的呀！山噪鹛，真厉害。我走出山求学，它没走。我父母离开山里十几年，它还是没走。常驻山里，山噪鹛与家乡的山一直在一起。

　　山噪鹛是中型鸣禽，善于地面刨食。夏季吃食以昆虫为主，也少量吃植物的种子和果实。冬季以植物种子为主。它是我国的特产鸟类。

　　在网上曾看过一个视频，山噪鹛在一座山的树上，连续鸣唱了4分32秒。我在没人的时候也尝试着山噪鹛的样子，想怎么唱就怎么唱。我唱出来，我很快乐。

　　2020年夏季雨多得厉害。9月19日周六，终于迎来了一个难得的秋日，太阳明朗朗的，天空透亮干净。两只山噪鹛居然来到了家门口对面土坎上的灌木丛中。这是我第一次看见成双的山噪鹛。它们是知道远方的文学朋友们今天要来家里的吗？两束秋菊在院外的桌台上艳丽着，两只山噪鹛在前方的灌木中小声鸣唱着，还有它们脚趾踩踏的小石子滚落下来的细碎之声。虽然它们两个玩一会儿就走了，但这对我来说却是多么大的意外之喜，是自然赐予我的一道难得的带声音的风景。在村庄，山噪鹛经常在我家的后山上鸣唱。每每站在院外，听着身后这样的声音传来，再环顾四周的群山，在这静之又静的山里，高远、空旷与寂寥，该有多美呢！

文章本来就这样结束了。谁知道关于山噪鹛又发生了一件特别值得记忆的事。

9月26日上午9点28分，山噪鹛第一次来到了我的花园。经过两个多月的熟悉，对它的声音我一听便知。玫瑰园坡上的荆条丛中跳跃着两只山噪鹛，灰乎乎地忽隐忽现。我耐心地等待着它们登上树枝。果真，一只跳上了一棵杏树的高处，并"唔儿、唔儿、唔儿儿"地叫着，很显然，它在招引着同伴。果然，另一只，听到呼喊，愉快地飞跳到杏树底端的枝杈，仰头呼应着，那个倾慕、仰慕劲，没有任何羞涩。继续飞上去，一跳两跳，两只终于相会，腻腻糊糊地在一起了。那真是一幅可人疼的图画啊。录了一段山噪鹛隐没在花园坡上的鸣唱，发到朋友圈，告诉朋友们这是山噪鹛演唱的歌曲。自由、自在、无拘无束、响响亮亮的。

2020 年 9 月 27 日

山噪鹛

牛头伯劳

　　从王家大院往山里去的山沟叫沙壤沟。村庄里的人叫杀亮沟。沟的尽头有个岔口，一个叫北岔，一个叫南岔。从北岔走，翻越过黑梁尖这座山，就是河北省横岭村地界。这是一条村庄先辈人走出来的路。村庄的人去横岭部分的山打柴、打条、刨药材，横岭村的人来北京西部的一个小村庄买商品、走亲戚。黑梁尖这一地带，离村庄非常远，离横岭村也非常远，有着良好的植被资源。五一放假，去爬黑梁尖。山那边粉红的杜鹃正在盛开。我们家庭队伍每发现一丛杜鹃，就发出"杜鹃哎"的口号。愉悦快乐的一家人就像结队飞越山峦的一小群鸟，大大小小祖孙三代。

　　如果不以登山为主，南岔是现时村庄人的最爱。南岔的沟长些，阴坡树木茂密，山樱桃、绣线菊、山杨、白桦、胡枝子、油松等树木把阴坡满满地覆盖。浓郁的绿色覆盖下面，也有一条村里人以前踩踏出来的明显山路。现在要走，大部分只能弓腰前行。那条路满是落叶、枯枝，路两边高耸的树木是这条路的亲密朋友，当少有人走的时候它们用心高高地伸出手臂相互勾连着，把这条路珍藏了起来，用心护佑着村庄的历史。我曾经走过，探幽了一番。滑腻的青苔，缠绕的藤蔓，幽暗的光线，有原始森林的感觉。村里前两年在南岔修建了登山步道，修到半山腰，不知道什么原因，就停止了。南岔以前的山路左边通往石洪峪那部分山峦，石洪峪属于马刨泉村。右边则与黑梁尖紧密相接。

7月4日，我们把车停到山下，就直奔南岔。刚入沟口，刚哥就发现一只鸟落在南岔北坡的灌木中。我们赶紧轻缓地靠近。灌木叶子密实遮挡住鸟的真切样貌。相机也只能够识别鸟的大概轮廓。随着一声粗粝的叫，那只鸟飞到了阴坡一棵杏树上，对着路的方向，机警地张望着。它不想让任何树叶遮挡，终于拍到了它的真实影像。它就是牛头伯劳。红棕色的头，深褐色的羽翅。它胸部的羽毛特别美，涌动着乳白色底与浅咖色线组合在一起的鱼样鳞纹。微风吹过来，鳞纹小小波动，轻柔润顺。它的眼睛圆圆的，大大的，黑黑的。眼窝深陷，非常洋气。尾巴比身子的长一点。牛头伯劳的羽毛颜色协调一致，没有对比突兀的地方。这样的一只小精灵落在绿色的杏树上，很是完美。我停在那不动。牛头伯劳，却不断变换姿势。左一点，右一点。斜一点，歪一点。突然，它飞起，落在不远处山樱桃树顶端的树枝上。弹跳了三两下，又飞回来，停在原来这棵杏树上。这回，它嘴里有了胜利的果实：一只昆虫。它叼着这只昆虫警觉地巡视着。我判断，它的窝应该就在这附近。果然，一会儿，它勇敢地飞进树下密集的树丛里。没有听见幼鸟的叫声，它又飞回到那棵杏树上，面向我，粗粝地叫了两声，并不断上下颤悠着它的尾巴，它的尾羽并拢，反射出白色的亮光。

这是一只雌性牛头伯劳。

牛头伯劳是雀形目。它的喙粗短有力，先端向下，带钩，有锯齿结构。以昆虫、爬虫类、小型动物为食物。它是小猛禽，在伯劳鸟的家族中是最凶猛的。它会把猎物放在树枝尖刺上，肢解成肉串，来慢慢享用。鸟类专家谢老师说：牛头伯劳，繁殖季会来这里。但他在老峪沟中心小学教学，几年带着学生观鸟、懂鸟，却没有见到过牛头伯劳。这是我的幸运。在我与家乡的长久陪伴中不断认识彼此，相互尊重，相互爱慕。

牛头伯劳

    7月18日下午，与二哥二姐同行，从家里出发，去南岔。我们步行到南岔口要40分钟的路程。我心里惦记着牛头伯劳。还想在那个发现的位置碰一碰。路上我没有拍到别的鸟。南岔口停着一辆车，一位男士坐在自己带的椅子上休闲避暑。我们往南岔方向走。上次发现牛头伯劳的路边，村里安放着两个靠椅，供游玩的人休息。这次，有两个女同志在椅子上躺着，一边一位。发现我们来了，也没有坐起。二哥二姐，纯朴，与她们搭话。她们从城里来，走哪停哪，并不知道这是什么地方。不出名的小村，没什么游人，还有两个座椅？她们想知道更多。我催促二哥二姐快走。没有礼貌之人，不值得太过热情。

    我们在南岔转了转。糖芥开在路边，野生榛子正在丰满自己的身体，吃了红红的"托呗"（牛叠肚），酸甜可口，像细豆角般的苦参果并列垂在枝头。

    没有发现牛头伯劳，我有些失望。心里想，也许没有那几个城里人的打扰，牛头伯劳还在。我们往回返，我慢慢走在二哥二姐的身后，就要在出南岔口踏入杀亮沟的地界时，我非常明显地听到一种声音。回身往声音方向找，哦，北岔口部分的枯树枝上落着两只鸟。赶紧抓拍，一看是啊，就是我心里的"小伯劳"。连拍了小十张。又往回走，靠近北岔口。拍到了近距离的"小伯劳"。一雌一雄。直到一只雌鸟飞走，留下一只雄鸟。剩下的一只，也飞走。我又跟踪了一段路，它落在一处树枝上。完美！见到一雌一雄。牛头伯劳雄鸟漂亮。它的眼先、眼周及耳羽一道粗亮的黑褐色与黑色粗壮的喙连接起来。还有它那一双黑色的利爪。英武潇洒，神气得就像个小卫士。不招惹于它，它的小猛禽本领不会施展出来。

到 9 月底，再也没有见到过我的"小伯劳"。十一假期，专门去了南岔、北岔，没有见到"小伯劳"的身影。

2020 年 10 月 9 日

北红尾鸲

村庄里的清晨仿佛总是比城区来得早。每到 5、6 月份，休息在家，几乎每日清晨都是在鸟儿的鸣叫声中醒来。听到鸟鸣，大概也能估算出是早晨几点钟了。这样的鸣叫中，北红尾鸲是我最喜欢听的，清脆中还带着滴里嘟噜的婉转。闭着眼睛，躺在床上朦朦胧胧地听着它对新的一天的歌唱，舒缓平静，好像还在梦中一般。在那样的美妙声中，还可以迷迷瞪瞪地继续沉睡一会儿，才会到早晨 6 点钟起床的时刻。

村子里管北红尾鸲叫黄谷燕。黄谷燕雄鸟腰腹部是橙红色，翅膀上有个三角形的白色翼斑很明显，头顶部分也是白色的。黄谷燕雄鸟色彩艳丽、身形小巧。雌鸟的颜色要暗淡些。它愿意与人亲近，总是围绕着农家的院落、田野玩耍。一般都是两只一起，前前后后、起起落落地追逐、嬉闹。4 月份的时候，黄谷燕的身影不用追寻。树木全身裸露，一听叫声，就知道它在哪里。聚园里有棵老核桃树，有时候它喜欢飞落在树顶的枝头上，坐下来，边唱边玩，一会看看这，一会看看那，还不断啪啪地抖动它的尾巴，怡然自得。每当那时，我会马上停止在园子里的任何活计，找到适合的角落看着它。想象着，它看到了什么，那么兴奋。还是它天生下来就是以歌唱为己任的。喜欢它的气息在嗓子里滴里嘟噜打转时发出的歌声，就像小时候，自己嘴里含着一口水，仰起脖子，不让水咽下，咕噜咕噜地玩上一会儿的样子般，充满童趣。但黄谷燕的叫声要比自己咕噜咕噜玩的声音好听多了，它的叫声是音乐，是艺术，而我的玩耍却是没事找事的自得其乐。面对鸟，我多少有点沮丧，黄谷燕能站在树尖，可以看见我和聚园的全部，而我却没任何办法站在树尖上居高临下地看看我的聚园。

后院老屋西南角有个电线杆，比屋顶要高出许多。黄谷燕最爱停留在那个地方，高高在上、极目四野。后院是老爸的领地，院子里每年都要种一架黄瓜、一架豆角，还有香菜、西红柿等，两畦韭菜以及芍药、萱草、玫瑰等都是多年生的，平时不用怎么管理。没人居住，我们平时只是割韭菜、赏花才去那里。老爸在后院时间最长，翻地、整地、栽种、育苗。黄谷燕就那样时有时无地停留在电线杆上，用歌声陪伴着老爸。如果休息在家，我喜欢早餐后，独自来到后院，看看果蔬、花草，再安静地等待黄谷燕的出现。期待着与它那动人而又美丽的歌声相遇。有一次，黄谷燕雄鸟站在电线杆的上方，鸣叫了 10 多分钟，那情景真是令人陶醉。一首歌曲、一首乐曲，也就五六分钟。黄谷燕的心里该涌动着怎样的激情，才肯这样努力！

2019 年 10 月，朋友给了我两棵牡丹。说是 10 月在聚园栽上，来年就可以开枝散叶。今年开春，牡丹果然好好地长出绿叶。本来坐在大核桃树下等待拍摄一些来水缸饮水的新鸟。忽然看到，黄谷燕落在那棵牡丹上，便赶紧抓拍了一张。黄谷燕落在臭椿树上、落在花园栅栏上、落在李子树上、落在石头小路上都不新奇。它落在我新栽活的一棵牡丹上，这就让我更加喜爱它。我喜欢的，也希望它能喜欢。当它的小爪子落在新鲜的牡丹枝叶上，它心里动了一下吗？我的心里是美好而又甜滋滋地动了一下的，而且永远地记住了那个瞬间。

黄谷燕在求偶季节的歌声最美！

7 月，进入雨季。黄谷燕的叫声没有了清脆，消失了婉转。

经过繁殖，它们的身体需要安静地修复。每到雨后，山林清晰潮湿。黄谷燕会发出"吱、吱、吱"简单的叫声。我开始以为是一种新鸟。结果是它在那里不招是非地、有一搭无一搭地叫着。雨季的天气总是雾蒙蒙的。羽毛湿腻腻的黄谷燕落在聚园上方路边的洋槐树的枯枝上，一边是翠绿的叶子，一边是枯枝的枝杈。照片拍出来的效果就像一幅水墨画般生动。弥漫的景色中，一边是蓬勃的生命，一边是死亡的枯寂，黄谷燕在"吱、吱、吱"地鸣叫着，不婉转、不急躁、不华丽。雾蒙蒙中朴素的生命之声，黏着在雨季的空气里四散开去。

老家前院西屋的最南边，有个棚子。平时家里放些杂物。一个以前捡杏、捡核桃的荆条篮子，挂在棚子的最里端。一对黄谷燕，总是从棚子里飞进飞出的。它们肯定在棚子里筑巢了。我是不敢进去看它们的窝在哪里的。二哥说，它们的窝就在那个篮子里。还有一次，它们把窝搭在棚子入口处的电闸盒子上，那里平

北红尾鸲

坦，进出更方便。这是我一眼就能看见的。家里人喜欢黄谷燕，就任它们随意而行。鸟窝招蛇，蛇喜欢吃鸟蛋。即使这样，我们也不愿意把黄谷燕的窝给捣毁了。三哥曾在他家后院搭了个鸡棚，养了几只母鸡。三哥曾亲眼看见去鸡棚里偷食鸡蛋的蛇。黄鼠狼则惦记着他养的鸡。结果，鸡与蛋都越来越少，直至全部消失。

近些年，三哥在村庄里陪老爸越冬。他说，冬天在村庄里没有见过黄谷燕。但村庄里的人都知道，黄谷燕，每年春天都会回来的。

2020 年 10 月 15 日

褐头山雀

2016 年春。大花溲疏、小花溲疏、藜芦等花草新品种在园子里也安了家，园子里的植物日益丰富起来。在黄土洼山庄工作的河北横岭一对夫妇，还帮忙在他们的村子里买了四只大缸，是那种过去农村家里盛水、储粮、腌酸菜、咸菜用的，现今家家都用上了自来水，这些大缸也就无人问津了。正好我把它们买来，放在地里，储水浇树，既美观怀旧又好看。

5 月 22 日，我照样做完家务，去聚园赏花、休息，刚坐在今年新搭建的石桌旁边，就听见幼鸟的鸣叫声，细弱的童音，吱吱叽叽。有些鸟是在园子石坡上的灌木丛中活动的，起初还以为那声音来自灌木丛中，循着声音想看看它们到底会在哪里。灌木丛蓬茂密集，看是看不到结果的。听了一会儿，那声音仿佛离我很近。于是，我就围绕着那声音转悠，突然间就寻着了，就在我身边的核桃树洞里，树洞离地面将近 70 多厘米高，细长条状，我的手是伸不进去的。往里一看几只小嘴巴正在张开着要食物呢，其它的什么也看不见。其实，那些幼鸟不一定看见我是谁，对我也没有任何的防范意识。只是生命的本能在对靠近它的人要些吃食而已。我看看，就马上离开了。想观察幼鸟的妈妈爸爸们什么时候来喂食，它们到底又是什么鸟呢？突突，有鸟飞来了，不大，就像麻雀似的。听见大鸟的动静，那些幼鸟的叫声吱吱唧唧更欢快了，不停地在撒娇叫嚷。只见大鸟非常地小巧，钻进钻出树洞非常地灵活，每次要回到窝边，都要在树洞的附近树木上中转、侦查，确认无危险后，再迅速回家喂食小鸟。在那棵核桃树附近的一棵桃树下，我隐蔽了下来，并不发出什么声音。终于拍到了那个鸟妈鸟爸的身影。有它们在树枝上等待回巢的，有在树洞边左顾右盼的，有钻进树洞里半个身子的。回来后，马上翻阅《北京地区常见野鸟图鉴》，仔细对那鸟的颜色、身形以及繁育期、生活的海拔等数据对照，那鸟的名字应该是褐头山雀。

褐头山雀的头部非常有特点，就像现今非常时髦的发型，沿着嘴、眼睛的一条线划过去到后脑勺以上的头发颜色是黑褐色的，而颊部是白色的，喉部乌黑。褐头山雀，一般在 4~8 月份繁殖，幼鸟 15~16 天离巢。5 月 28~29 日的周末我回家，褐头山雀的幼鸟还在巢里。在园子里，我又享受了两天褐头山雀母子亲密往来的景色，那是何等充满生命活力的美景呢：繁忙、辛苦、不知疲倦，千百次寻食哺育、清理巢洞里的幼鸟粪便。哺育期应该是褐头山雀最最辛苦的一段时间。等到 6 月 3 日周五晚回去再看，褐头山雀已经倾巢而出了，树洞又恢复了原来树洞的样子。从那以后，白天在小路上散步，追寻着那些幼鸟的叫声，也还可以看到它们飞跃在植物间的身影。它们刚刚学会飞翔，只是在低处的植物间玩耍，等到翅膀硬了，它们就会往山里高处的植被更丰富的地方飞去，去更广阔的林间翱翔了。

褐头山雀是留鸟，是林中益鸟，主要以昆虫和昆虫幼虫为食，动物性食物占到近 85%。

今年，十一放假。村庄里的秋色早早来临。山峦沟壑被褐红色籽粒饱满的牡荆、黄红黄红的杏树、金黄金黄的白杨以及各类红黄色灌木所铺满。沙滩上的各类杂草干黄清爽，在秋风中嗖嗖地摆动着。各种鸟自由翻飞。这个季节，它们要吃得壮实些，以抵御高山冬天的苦寒。褐头山雀当然也在我的视线范围之内。7

日上午，我在花园附近的小路散步。突突，一只褐头山雀飞上枝头，机灵地巡视。突然双爪并拢低头，把喙放在两只爪子中间，抬头，嘴里已经含着食物了。回来仔细看照片先后对照，它的两只爪子中间是杏树枝上的一个小木橛。这样分析，褐头山雀捉住的应该是只小虫子。褐头山雀双爪并拢深深地低头的认真样子，就像 6 岁的芊芊认真地在木案上用成熟的山楂果一个一个地摆出自己的名字：大芊。褐头山雀的那个黑褐色背头再次显露在我眼前，让我强烈地感受到美的诱惑。鸟儿一出生就带着强烈的姓名标签。乌鸦一身黑，黄喉鹀黄色的头部上耸立着短而竖直的黑色羽冠。爱哪个鸟，不爱哪个鸟，村庄里的人心里不会乱。

2020 年 10 月 19 日

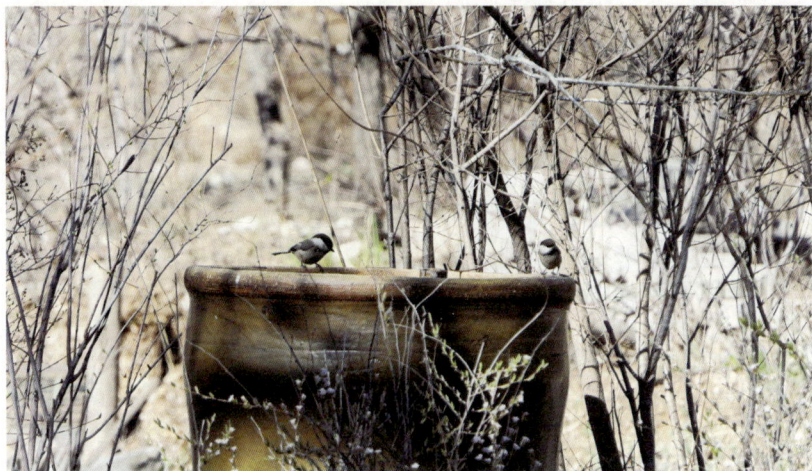

褐头山雀

金翅雀

金翅雀羽毛的颜色，像金子一样。

阳光明媚的春天，金翅雀落在洋槐树上，像是谁把一个老玉米棒子故意抛了上去，正好卡在树枝中间。老玉米棒子的籽粒一颗一颗紧挨着，黄黄的饱满，胖乎乎的。只是这个老玉米还张开了厚嘴唇，咕叽咕叽地鸣叫起来。

金翅雀在春天里可不是白白地鸣叫。万物复苏，金翅雀满满的情也在胸脯间鼓胀。雄鸟当然是情的引领者，它在枝头不停地甜言蜜语、情话连篇。顺着春天的风，一只胸脯羽色暗黄泛灰的金翅雀闻着动静飞了过来。无疑这是一只雌鸟。两两问答，相互含情，蹦跶蹦跶着，飞到一起，旁若无人地喙对着喙碰撞着。不到 1 分钟，又双双飞走。

初识金翅雀，水是媒介。4 月初，村庄里水源短缺，花园浇树的水管淌出的水，引来了一只金翅雀。它与一只褐色红眉朱雀雌鸟一起在山丹丹园里如饥似渴地饮着，并随时关注着周围的动静。它们不会久留，啄饮几口就走。4 月中旬，园子里水缸的上方，杏树上粉红粉红的花苞一团一伙地聚集在树枝的各处。金翅雀偶尔会在树枝落下，等待到水缸饮水的机会。黄黄的金翅雀点缀在粉红的花苞中间，仿佛是春天奖赏给满树杏花的一枚金质奖章，熠熠闪光。

春夏季的金翅雀不会成群活动。在黄土洼村，只看到了洋槐树上的两只，还有花园里水缸、玫瑰处来来往往的一两只。6月份，老家宅院外核桃树上也偶尔看到过它们的身影。

金翅雀是留鸟。

秋天才是它们旺盛一族展演的季节。

10月31日，村庄树木纷纷抖落掉身上金色的外衣，露出或细腻或粗糙的健壮筋骨，在秋风中，英姿飒爽，萧索凛然，好似它们站在岸边，摩拳擦掌，正在做着随时跃入冬天的泳池中裸游的准备。零零星星的黄栌还红艳艳地在静谧的山峦上燃烧着。山上大片的油松依然苍绿，它们像是山峦的忠实卫士，寸步不离地守卫着自己的家园。

村庄为了绿化造林，在田野的路边，间隔一段距离，就挖出一个大坑，铺上塑料布，用来储水，以便给树木供应充足的水源。在北营"台堰"路边的一个水坑处，一群金翅雀盘旋在天空中，阵容强大。这是十几年来，除了麻雀我看到的阵容最大的鸟群。它们飞行的速度极快，盘旋的范围遍及整座村落。有时一个大群，40多只。有时一个小群20多只。有时落在一棵榆树上10多只，放哨站岗，其余的20多只先后飞落水坑饮水。有时呼啦啦它们又整齐地落在一棵光秃秃的核桃树上。核桃树上的那些树枝瞬间被40多只金翅雀侵占，仿佛秋天就像是一位出色的魔术师，让一棵核桃树瞬间开放出40多枝黄色的花朵。刚刚完美亮相，魔术师又让那么多黄色的花朵瞬间消失。一群金翅雀就这样在村庄的天空中快乐地盘旋着，毫无顾忌地炫耀着它们翅膀上特有的大块金色黄斑和自己家族繁衍兴旺的荣耀。

我站在路边，等待它们一次又一次出现。金翅雀的叫声并不洪亮，我也没听出有什么金属质感，甚至还显得有些细弱。它们成群地飞来，又成群地飞走。这一来一走所裹挟的风声之美，掩盖了它们所发出的任何声音。

金翅雀

金翅雀生存在海拔 2000 米以下地区，不喜欢进入深山老林。

11 月初，在十三陵水库边的中石化会议中心参加培训。早餐后散步，看见许多鸟。拿相机拍摄。金翅雀金色的羽毛出现在我的镜头里。我微笑着。这比一顿美好的早餐更加美好，也比秋天的阳光更加明亮。这是一次在空间上的印证。昌平城区离我的家乡黄土洼村有 50 公里，离十三陵水库只有 5 公里。金翅雀就闪动在我不远的周围。

过了立冬，时间马上就将进入真正的冬季。锥石口村是一个小村庄，离名气旺盛的康陵村几步之遥。两个村庄的山坡上有大片的柿子林。这个时节，还有许多农民不摘的柿子悬挂在枝头上。红火的柿树中间乡间小路蜿蜒曲折。依小路散步，柿子们的眼神会扑闪扑闪着飞落下来，那些眼神就像柔软的细雨轻轻地抚摸着我的身心，悠悠的润润的，仿佛自己穿行在柿红色的梦中。远山的山鹛甜润的啾啾声，近处的喜鹊甜蜜的喳喳声，这些声音断断续续，时有时无，不是环绕，不是连贯，而是悠扬婉转地触碰着自己的心田。落在小河边毛白杨高耸枝条上的金翅雀美美地看着这一切。金翅雀落得那么高，它是要与柿子比比谁的颜色美吗？而在此时的黄土洼村，能与金翅雀金色羽毛比美的就只能是冷海棠红了。

在这秋冬接替的小村河边，我坐在河石上留了影。与那里的流水、芦苇、柿子和那些自由翻飞的鸟。

2020 年 11 月 17 日

白头鹎

白头鹎，是一种鸟，又名白头翁。

白头鹎的头后部全是白色羽毛，鸟的年龄越老，白色区域越大越洁白，雄鸟更为突出。鹎字读"背"（一声）。这个字倒像是植物白头翁背着一头白发的样子。

五一时的山村，万物萌发，植物沐浴春风开枝散叶。杏树上的青杏有了不小的个头，紫色的花红还没有脱落，紧紧地贴在青杏的头上，像小姑娘眉心贴着的紫红色小花。树上有多少青杏，就有多少这样的紫红色小花。白头鹎嘎嘎地钻进杏树上，与小杏小花融为一体，看不见它的身影，只能偶尔看见它白色的头部转过来，巡视一下周围的动静。它那时的表情与那些小杏小花一样青涩。榆树上长满了绿色的榆钱，一串串一簇簇的鲜嫩。白头鹎在榆树上跳来跳去，扭头摆尾兴高采烈地吃着榆钱，样子比我吃榆钱面饼还香甜。白头鹎能够飞着在树上优哉游哉地吃饭，而我要是边走边吃，自己都感觉自己不太正常。白头鹎，在杏树、榆树上不会放出它美丽的歌喉，只会时不时高兴地嘎嘎两声。吃饭就是吃饭，这事，它做得挺认真。

"偶、偶、偶儿"。三声，最后一声婉转着往上提并拉长，而后收尾。不能够确切地形容它的叫声，只是心里意会它的叫法可以是这个意思。这是白头鹎典型的鸣唱，嘹亮得像是开战的号角，短促而有力。

听见这样的声音，白头鹎所在的位置很好找。往显眼、高大、舒朗的树的顶端看，一般它会在那里开始它春天庄重的求偶仪式。瑞园上方高高的洋槐树是它不错的选择。洋槐树的叶子刚刚发芽，枝头流出足够的位置以备白头鹎享用。雄性白头鹎落上枝头，爪子紧紧抓住树枝，昂首挺胸，它使出十足的力气，身体倾斜着都快要直立起来，声音亮堂堂的，像是儿时村里的小喇叭传来的播音员的声音那么纯正。白头鹎用气猛烈，胸部鼓鼓的白胖胖的。它就是要在这最美的季节唱出最美的心声。

白头鹎的鸣唱既是一种感情的抒发，也是一种生活态度。

站在洋槐树下，看着白头鹎，我想人人都可以成为歌唱家。只要是动情的声音，一定会让人动心。

一只雌性白头鹎飞了过来，落在那只雄鸟的旁边，两两一起欢愉在春天的洋槐树上，整座树没有树叶的遮挡，两只白头鹎很是抢眼。这样的春日图画还可以用光绪年间的《富贵白头图》来佐证。一对白头鹎站在湖石上，牡丹簇拥，蝴蝶纷飞，一唱一和，一老到白头。

古人、今人喜爱白头鹎，无差别。古人、今人的爱恋，无差别。古人、今人的春天又哪里有差别呢。

在城区，麻雀、喜鹊常见。白头鹎也常见。只是人们对它还不是很关注。一日清晨下楼去上班，往停车场走。听见白头鹎的叫声，循声望去，在小区东北角的一棵栾树上发现了它。那棵树，离楼门很近。时节已是秋天。栾树叶子翠绿，果实如灯笼满满地挂在树上。白头鹎在树枝的顶端。拿手机拍摄，比较模糊，却意外发现了白头鹎映在居民窗户上的身影。一个是树上真实的白头鹎，一个是玻璃上真实的白头鹎的身影。这栋楼最东门与树齐高的人家，该是多么幸福呢。窗前有树，一日一日蹿上来，看花开花落。树上有鸟，也一日一日不定时地蹿上来，奉献歌喉。仿佛自己的日子也似这般窜着长着歌唱着，人生一路在这段的行程多美啊。

　　昌平滨河公园、十三陵水库、西环路工业幼儿园附近都有白头鹎明亮的叫声。可见白头鹎常见不是一句空话。那就赶紧认识一下白头鹎吧。这一美丽的中型鸣禽，它的鸣唱比小型雀类的小声叽叽可要开阔多了。

　　十三陵地区盛产大盖柿，入冬前，有的农户就在房前屋后晾晒柿饼。一个个被削了皮的柿子码放在竹帘子、铁丝床、盖垫上，放眼望去，红澄澄的一片在村庄清澈涌动，这是秋天独有的色彩潮流。白头鹎从不在村民家里偷嘴，而是穿行在村民不采摘的柿子林中。一棵柿子树的枝头挂着一堆柿子，有五六个。白头鹎轻松地嘎嘎着落下，往前跳了两步，找准了一枚它曾经吃过的红柿继续啄食。一堆柿子，要准确地分辨出哪一枚是熟透的红柿，这是白头鹎长期生活经验的积累或者是父母辈的言传身教。小时候，不记得父母刻意教我什么是红小豆、黄豆、柴胡、藁本。在它们身边生活，自然而然就学会了许多生活的常识。白头鹎吃几口，飞走，转上几圈，

白头鹎

又回来再吃。有时吃完了，它要站在树枝上欣赏一下风景。白头鹎背风而立，风从身后呼呼地吹来。在镜头里看见它枕部白色羽毛顿时炸立的同时，发出了清脆的鸣叫。它勇敢而又激动地享受着秋风的强劲。小小生命，昂立枝头，风是吹不走它的。即使风吹折了它脚下的树枝，它也不怕，因为，它有一双会飞翔的翅膀。

　　小雪后，一日上午近 9 点，站在办公室，终于看到了统计局院内高出 5 层楼的杨树树尖上，两只白头鹎在鸣唱，它们的身影有些逆光，它们的歌声在光里穿行。

2020 年 11 月 25 日

银喉长尾山雀

银喉长尾山雀，尾巴与身子的关系，就像一根棒棒糖。看见它，就想拽着它的长尾巴玩上一会儿，看它怎样在我面前打着转抖抖机灵。

我想淘气，像小孩子般。还有可能吗？

银喉长尾山雀，黑眼睛、黑喙、黑脚趾。尤其它的黑眼睛小椭圆，亮亮的，透着机警与灵敏。许多鸟的眼睛不是很明显，麻雀眼睛就与头部的黑棕色羽毛相连而被融合，白头鹎的眼周呈黑褐色，也使得它的眼睛不那么醒目。银喉长尾山雀，头和颈的羽毛是淡棕色，那一对小椭圆眼睛长在上面，就像冬天孩子们在捏成的小雪人脸上嵌入的两粒小黑豆。洁白的小身子上，黑豆瞬间转换成黑色的小眼睛扑闪个不停。一堆雪不是人，有了一双眼睛，就是人，小孩子就能与小雪人说话了。看见银喉长尾山雀，我也想与它说话，说些孩子般天真纯洁的童话。

春天是孩子般的季节。春天的村庄是童话般的世界。到处都是毛茸茸的小家伙。

春天就应该说些小燕子衔泥、小草拱土、小薄皮木吐芽、小苦菜透风、小草乌露出小红唇的各种纯洁的小话。

今年五一放假5天，真是难得。我们去北沟口移栽了几棵小叶梣，俗称小叶白蜡。它的叶子、花，很有观赏价值。栽植在了花园的外角处，让从路边经过的人可以看到它有多秀美。移栽了一簇银背风毛菊，村庄里的人俗称"羊耳朵叶"。山里这两种植物很多，我们只是利用这个假期再为瑞园增添两个品种。

劳作的间歇，是我进山散步、赏花、拍鸟的时间。

在黄羊沟的路边。听见几只鸟在灌木丛中嗖嗖地飞起飞落，灌木丛枝叶繁杂，很难看清鸟的长相。等它们玩耍着落到一棵杏树上，我才有机会拍到它。这就是银喉长尾山雀。长长的尾巴和小椭圆的眼睛让我过目不忘。

银喉长尾山雀，俗名"团子"。它的羽毛蓬松，身子短小，总是急速地来，急速地走，就像一个弹性很好的小球一样滚动在树木中，滚动在村庄里。

村庄正在退耕还林，从瑞园不远处的"台上"到杀亮沟，大部分的土地都栽植了油松和白杆，这些松科类植物都是银喉长尾山雀的喜爱，它们喜欢啄食树上的害虫。曾经看到它们在松林间穿梭，如履平地。很惊奇，它们拖着长尾巴在密集的松枝间穿梭，从没有感到阻挡和困扰，一点也不忧郁，还总是那么"叮、叮、叮"地嘚瑟个不停。原老峪沟乡办公楼的院子里，有几棵三层楼高的白杆树，上面的松塔呈长条形。前几年，在还能随便进入办公楼院子里的时候，我曾在树下捡拾了许多，当时是第一次见到异样的松塔，高兴得不得了。现在村庄里也有了白杆树，等它们长高长大了，村庄会生出原始森林的样子，到那时，银喉长尾山雀会越来越多。想象着，它们列成一排几排的蹲守在树枝上，该多乖巧、呆萌、可爱呢？

村庄盛产苦杏，杏树遍地都是。春天，杏树上会生一种害虫：白蚧壳虫。一个个小椭圆形状，灰白色，密密麻麻趴在杏树干上。我特别害怕这些虫子，看了令人悚然。瑞园里的杏树上也有。曾打了一些农药，也无济于事。就随它去吧，不看不碰心也就坦然了。

10月31日，村庄已是初冬时节。在瑞园里清闲散步的时候，银喉长尾山雀在杏树上闹腾。连续跟拍后发现，它正对着杏树上的白蚧壳虫啄食。原来这些令我生厌的白蚧壳虫竟是它的美食。万物相生相克，兜兜转转，都自有用处，断了哪一节，两端相连的物质就会蒙受损伤。

端详银喉长尾山雀，它还涂着杏黄色的眼影。胸脯以下淡淡李子黄中透出的晕红也十分柔和、妩媚，胖嘟嘟的讨人喜欢。银喉长尾山雀是位小美女吗？

我特想与银喉长尾山雀说说撒娇的小话："跟我玩会儿呗？""让我玩会儿你好不好的呀？"

2020 年 12 月 2 日

银喉长尾山雀

戈氏岩鹀

有枝可依，无关身边的一粒海棠。

有伴同欢，无关落在哪棵树上。

11月28日，刚过小雪。在村庄继续追踪着鸟的踪迹。一只戈氏岩鹀在一棵冷海棠树尖上落座，它身边还有一粒红红的海棠。那粒海棠在这个季节一定已经熟透冻透，那正是我们儿时冬天最美的小吃。而戈氏岩鹀好像不知道冻海棠为何物，它并不稀罕这样的人间美食。它只是感受着冷风从它的后脖颈子吹过来，但它没有像人那样将脖子缩起，而是侧着脸，任由冷风将它的灰色围脖吹起。

村子里的一位妇人看我不停地拍摄，就同我说话："你们要来，春天这里最好。现在这里什么也没有。""哦，"我回答着，"我就是这村子里的人，我是殿武家的莲头。"妇人笑了，她说她没有看出来是我。我离开村庄太早，平时回去见不到什么人。她们对我也不熟悉。但她们会熟悉我的父亲是谁。平时见面，免不了问候一下彼此儿女的情况。听着我们在路边说话，戈氏岩鹀已从海棠树上飞到大庙后面的杨树林中去了。

戈氏岩鹀的旗帜是胸部的大块灰色，大块的灰色从下颚到了胸部以下。这是它与三道眉草鹀最大的区别。两者长得很像，刚认识的人很难区分。

　　春天，认识它。它趴在水缸上，尾巴一翘一翘的，等着喝水。水缸里的水满满的，这对它来说不成问题。并且它还视我不存在，喝完水后，飞落在离我更近的瑞园石头上，摆着各种姿势。戈氏岩鹀一颦一笑，朴素自然。抬头侧望，好像它在聆听一种远方的声音，那么仔细、那么尽力；低头凝视，它嘴巴下的两撇黑色八字胡衬托着它一双明亮的眼睛，真像一位绅士在认真思索，寻找事情表象背面的根系到底扎在哪里。

　　10月25日，树上的叶子正在悄无声息地落着。瑞园里的蓝刺头也已枯萎。水缸里的水距离缸沿有6厘米的样子。为了鸟能够饮水，我在水缸里放了一块小木板。棕眉山岩鹨来了。一看，站在缸沿上喝不到水，它略微思考了一下，就跳到那个木板上，站在木板上自由地喝了起来。褐头山雀也来了，它是个小机灵鬼，它也顺利地喝到了水。戈氏岩鹀先落在杏树上，再飞到缸沿。身子在缸沿上起伏了几下，就又迅速飞到水缸外的木栅栏上。侧着头做思考状。然后，又调转过身子，面向水缸。它不知道如何是好。它有些无奈。看周围有动静，就飞走了。我想，它一会儿还会再来。果不其然，它又回来了。再次飞落缸沿，停顿了一下。还是没有勇敢地跳落到木板上，就又飞走了。戈氏岩鹀在这一点上，显然没有棕眉山岩鹨和褐头山雀聪明。它的脑子有点认死理，不够变通，在大胆尝试新生活面前有些胆怯。

　　戈氏岩鹀，我没有拍到成双成对的，它在村庄里的数量远没有三道眉草鹀多。深秋的时候，它经常混迹于斑鸫、喜鹊群体中，飞落到高大核桃树的顶端，同斑鸫、喜鹊们一起欣赏村庄里的风景。但它的身量与斑鸫、喜鹊相比，就小许多，叫声与这两种大鸟相比当然也就弱到可以忽略不计。那个时候，戈氏岩鹀很可爱。它就像我们小的时候，总是喜欢与比自己大的孩子们一起玩，从他们那里学习获得一些知识和技能。也正因为此，大孩子们总是以各种伎俩自以为是地欺负一下小孩子，得到一种他们已经长大强悍的骄傲，作为他们自己也说不清楚的心理补偿。要想听戈氏岩鹀原汁原味的鸣叫，那必须与它单独相处才行。

我喜欢戈氏岩鹀。胸部的大块灰色、八字胡都成为我惦记的身影中最精彩的部分。

只要是村庄里的鸟，我都会同等喜欢。

2021 年 1 月 22 日大寒后第二天

戈氏岩鹀

斑鸫

　　山荆子是斑鸫的美食。这是，我在南屋的院墙外发现的。

　　那棵山荆子，是一位本家叔叔栽植的。树上面爬着许多石通等藤蔓植物。叔叔一家搬到马池口镇北小营居住已经许多年了。由此，这样的树也就荒废了。别说一棵山荆子树了，就是旁边的一棵山楂树也是没人要的样子。好在山楂树粗壮、横势，那些藤蔓类植物攀岩不上去，由此，山楂树身体上还落得个干净。山荆子果实小巧，秋天成熟后，红红的小果，透亮酸甜。小时候跑在山里玩，发现山荆子，摘上几粒吃吃，酸香解渴。那时候山里凡是能够吃的果实，都轮不到鸟儿们分享。只有树尖上，人摘不着的，才能是鸟儿们的美餐。

　　斑鸫飞到山荆子树上，离我很近。我站在原地不动，它继续吃它的。它嘴里叼着粒红红的山荆子。不知道它吃的时候，吐不吐出山荆子里面的籽儿？

　　斑鸫属于中型鸟类，它的本质特征是喉、颈侧、两肋和胸具有黑色斑点。它的尾羽短粗，飞翔起来，胖嘟嘟振翅起伏，既不像老鹰那样翱翔，也不像喜鹊那样轻盈喜庆，而是一窜一窜的，频繁的振翅才能够带动它看似沉重的肉身。斑鸫喜欢集群，在村庄里，它们往往是两三只、四五只一起飞行。落在树上，呈分散状。它们不会像麻雀那样落在一条树枝上成为一条线。

观察鸟类特有乐趣，是那种不热闹不吵闹的乐趣。每每看到有鸟，飞在眼前，落在远处，我都会看上好半天，直至它们飞走。

深秋，村庄最干净。树木上的叶子全部脱落，花花草草全部消失。鸟从哪飞来，又飞去哪个方向，一目了然。秋天的天就是一个明净，而当秋天的天空有鸟儿飞过，就越发地使这样的明净加倍起来。不用说话，不能够说话。只能看着鸟儿在天空时有时无地飞过。鸟儿们美妙的歌声和身影，一次又一次地从天空划过，但它们都不会像蜘蛛一样在天空结网。这是自然的好处。面对秋天明净的天空，痕迹、文字、语言都是累赘。

在村庄里。

秋天天空的明净是诗。

鸟儿在天空划过是诗。

村庄秋天里的天空带着村庄的思绪走向辽阔与安宁是诗。

我拍到斑鸠最美的照片，是 2020 年 11 月 1 日上午 8 点 30 分。一只斑鸠，先行落在了北营后山的灌木上，而后，另一只闯入我的镜头。一只落着，一只正朝着落着的这只身边飞过来。两只就快重叠，但又没有重叠。落着的那只，聚精会神地、认真地欣赏着自己的同伴，来到，或者飞过自己的身边。飞着的那只尽情展翅、用力飞翔，就是为了落到正在落着的那只身边，或者准备从落着的那只身边优美地划过。两只斑鸠，心意相同、志趣相投、彼此欣赏。它们乐此不疲地玩着你飞我飞、你飞我追、你追我飞的游戏，不时地发出"嘎、嘎、嘎""呕、呕、呕"的叫声。斑鸠的鸣叫，粗粝中蕴含着肥美的油润。

喜欢一件事物，眼里便会有许多这样的事物。2021 年 1 月，北京最冷的月份。一天早晨上班开车。车子启动后发现，室外温度零下 20 摄氏度。这是许多年来昌平城区最冷的天气。周末一天的下午在小区外面的路上散步，发现一只斑鸠落在了路边的一棵枝子繁密的桃树上。我站在那里，看了它好半天。昌平，1 月份气温最低。斑鸫能够存活下来不容易。

  在村庄，斑鸫的叫声，含着泥土、树木、松林的气息。斑鸫还是斑鸫。

  在城市，斑鸫的叫声，被汽车川流不息的喧嚣声所淹没。斑鸫是谁？

2021 年 1 月 30 日

斑鸫

喜鹊

2021 年 2 月 3 日，立春。

畅椿阁小区停车场的两只喜鹊在搭窝。窝已经有点雏形。在窝附近，两只喜鹊把头顶的一条树枝在不同的位置叼住，然后用力折断，再由一只喜鹊叼着跳动几下放到窝的适当位置。然后，它们飞到树顶休息。

雨水这日，单位开始上班。两只喜鹊搭建的窝还是没有起色，不见增长，好像还比原来还小了一些。两只喜鹊会去选择新的地址吗？早晨、傍晚看见它们还在那棵树上飞起飞落。看来它们的建设遇到了难题。

春天到了，热恋的喜鹊都在忙碌着一件事：搭窝。老夫老妻的喜鹊也在忙着修补房屋，强身壮体，继续繁衍。

今年将是个好年景。大年三十早晨，刚哥在餐厅突然喊我，说对面楼房外的护栏有个喜鹊窝。我赶紧拿起相机，拍到了喜鹊进出窝的样子。喜鹊窝建在小区西楼最南边的这个楼门，这个楼门隔着小区进出的路，紧邻我们这栋楼。整座楼门就这家有护栏。喜鹊窝与我住的楼层一样，都是第 7 层。喜鹊窝，坐西朝东，背风朝阳。这个楼门又有我们这栋楼的遮挡，还不那么直晒。多聪明的喜鹊呢。喜鹊窝由七七八八的树枝搭建，树枝都不短，它们是怎么绕过密密的钢窗窗条，把树枝放进去的呢？搭建这个窝肯定用了不少时日，我们竟然没有发现它们建造的过程。钢窗不是树，人们一般也不往那想、往那看。自从那天早晨后的 20 来天，我没有再次看到喜鹊。等它哺育雏鸟的时候吧。那个时候，喜鹊出出进进的会比较频繁。想想，刚出生的小喜鹊，不能及时闻见绿色树叶的清香气息，却多少有些遗憾。事实果真如此。我一直没有再次看到喜鹊。聪明的喜鹊还是舍弃了铁窗里的刚刚有起色的巢穴，往它处搭窝去了。

喜鹊搭窝是两只喜鹊的事。村庄里的人家要建房，夫妻俩也要攒钱、备料、定好日子，才能开始。建房时要请许多村里人来帮忙。老家老宅盖的三间西屋和垒院墙所用的石头，都是老爸一块一块背回来的。喜鹊建窝与人建房别无二致，都是要付出辛苦的。喜鹊生活与村庄人的生活贴得很近，它们的窝大都搭在村民房前屋后的树上。三哥给老家院外的两只喜鹊起名叫大喜和二丫。几年时间，大喜和二丫在院外的树上已经繁衍出 4 窝喜鹊了。抬头见喜、低头见喜、屋里听喜。这可不是静止画面上的喜鹊登枝，这是动感生活中泛着烟火气的喜鹊"喳、喳喳、喳喳喳"的叫声，这叫声摸索着村庄里的宁静，使那宁静越发光亮诱人。在村庄，人与喜鹊相互陪伴。白天，喜鹊们就像一个个小风车一样，秃噜噜哗啦啦地旋转着飞到沙亮沟的榆树上、飞到黄土洼山庄的海棠树上、飞到高家台的核桃树上，到处散播着喜悦的声音。有时，它们还会悠闲地落到田野上，像人一样左扭右扭地行走着觅食。

村庄里的冬天，萧瑟寒冷。候鸟都离村庄而去。喜鹊、乌鸦、麻雀、山噪鹛常驻。不是繁衍时节，喜鹊们喜欢群体活动。1 月底，两棵冬日冒嘴的杨树树顶上落着 7 只喜鹊。树枝不像粗树干，喜鹊落在上面只能直立或者侧立。一眼望去，神态各异，都像淑女的样子，披着风衣，风衣背面闪耀着蓝绿色的荧光，一派温柔洒脱。发现动静，它们又群体飞走。而在同一时段的两只乌鸦却不出任何声音，在一棵树的树干上默默蹲守，有 10 分钟以上。估计它们是在耐心地等待一顿美餐在哪里出现。

人走出房门，没几步远。喜鹊飞过来。再走出几步，爬上一个缓坡，喜鹊又飞过去。人喘着气，脚步嚓嚓地踹着地面。喜鹊叫声喳喳，在空中轻盈飘散。人与喜鹊，彼此发出错落且又大小不一的声音。这样的声音在空旷寂静的冬日村庄里不紧不慢地响着，清晰干净，节奏简单明了。那些正在冬眠的动物也许无缘看见这种节奏里生存的人和喜鹊，但也许这样的节奏正在慢慢地让它们从冬眠中苏醒。谁能说它们的苏醒是一瞬间的事情呢？

"温柔的黎明为黑夜编织花边"，这是鸟类最早发现的。它们对光线的敏感超越人类，它们用叫声指给人类黎明。春秋时节，村庄的清晨有些寒凉。那个时候，要是早些出门，会看到喜鹊在后山的阳光处嬉闹。闹累了，它们就落到半山腰的杏树上，落到山顶的松树上。落在山顶松树枝头上的那只喜鹊，让身体尽可能地被阳光照耀，充分享受着阳光的温暖。它的尾羽反射出白色的

喜鹊

光斑，胸脯黑白羽毛的分界处出现一道紫红色晕圈。喜鹊占领后山山顶，那是我儿时喜欢攀登的地方，那时的山顶还没有松树。山上有柴胡、苍术、知母等药材，还有几窝骚蚂蚁。我静静地看着，喜鹊们在山顶骄傲的样子，仿佛我儿时的样子又闪现在眼前。"想把我们知道的事情忘掉是一种傲慢。"我哪里敢傲慢呢？儿时记忆中的事是一首诗中的诗句，缺了哪一句都不完整，都不优美，都不能让我安心。

喜鹊是只喜兴的鸟，在哪里搭窝，就留守在哪里，同周围的人类同甘共苦、同欢同庆。

畅椿阁小区停车场的两只喜鹊经过近 40 天的建设，它们的巢终于像个样子了。我亲眼见证了它们建巢的过程。我的眼睛有些潮湿。

2021 年 3 月 15 日

达乌里寒鸦

2021 年 2 月 27 日，达乌里寒鸦又来了。三哥与我同时发现了这一惊喜的现象。

去年我们是在 4 月 25 日发现的。平时没有看见过，觉得稀奇。有 10 来只的样子。它们在槐树上待了一段时间，大部分都飞走了。剩下两只没有走。它们俩在盘算槐树上的喜鹊窝。没有经过特别激烈的战争，只是小打小闹，喜鹊让步，达乌里寒鸦顺利住下。它们安然产卵育雏。达乌里寒鸦的叫声比喜鹊难听，声音还很大。不过，它们的鸣叫不会像喜鹊那样勤奋。我们一大家子人对它们俩还是比较喜欢的。5 月底，槐花开时，寒鸦闻着花香孵化育雏。在雏鸟破壳而出时，院子里热闹非凡。鸟爸鸟妈回来喂食的时候，幼鸟们的叫声呜里哇啦、叽叽喳喳，乱成一团。听叫声判断它们大概有六七只。那团叫声乱麻一样带着弹性东突西撞传得很远。站在高家台、黄羊沟口都会听到。鸟爸鸟妈不断喂食，我们不断聆听。那些天，我们就像坐在时光的小船上，被寒鸦幼鸟们波浪一样的鸣唱颠簸着一起一伏。既舒服，又闹腾，更多的还是兴奋。习惯了山村熟悉的鸟，达乌里寒鸦给了我们足够的新鲜感。新鲜就是希望，就是熟悉的土地又有了一颗新鲜的充满能量的种子。这样的叫声持续了半个月吧。突然一天，那新鲜的叫声消失。达乌里寒鸦带着儿女振翅飞走。我们没有看到小寒鸦飞行的样子，也不知道它们是白天还是黑夜走的，走得悄无声息，没有一点响动。

今年达乌里寒鸦来得早。它们似乎是记住了这个地方。遇见它们，我们像是遇见了老朋友。

达乌里寒鸦再次到来。喜鹊已经在它们去年侵占的窝上方建设了一个新家。新家又大又美观。冬天，94 岁高龄的老爸在后院的屋里很少出来走动，他隔着玻璃窗户，每天都能看见喜鹊搭窝的辛苦。他说：它们刚搭起来时，窝曾经被一场大风掀掉过，它们从头再来，还是搭，搭到现在，多不容易啊。老爸虽是在说喜鹊，但我感觉他像是在说他自己建造老宅子三间西屋时的辛苦。

达乌里寒鸦来了，便与喜鹊展开了激烈的战斗。达乌里寒鸦想侵占新窝，不断地在新窝上停落。两只喜鹊见状愤懑地飞走，不知道什么时候，再双双回来，与达乌里寒鸦双双对打。对打后往往是双方都先暂时撤走。不知道哪对先回来，后回来的那对再与之抗争。这样的战事持续了两周。我真是担心那两只喜鹊会让步。在它们的打斗中，往往是喜鹊呈现出弱势。喜鹊的体形修长单薄，眼神慈善柔和，飞行时像个黑白小风车一样闪动着；达乌里寒鸦身体粗壮有力，眼神明亮犀利，飞行时像鹰一样展翅滑翔，健美英俊。等到 3 月 13 日，我回去。看到达乌里寒鸦，每回回来，就自然飞落到旧窝里或者旁边，再也不敢越雷池一步。喜鹊与达乌里寒鸦终于达成一致。两个窝都在一棵树上，一个在上，一个在下。它们之间的界线不知道怎么划分的。落在哪一条树枝不算越界？不会引起对方的怀疑呢？只有它们自己知道。看来喜鹊在这场战事中为保护家园真的是拼尽全力了。

春分后有一场雪。大片大片的雪花慢慢地黏在院外的几棵槐树、榆树上，雪便有了真切的形状。枝条的形状、喜鹊窝的形状、树疤的形状、一棵树的形状、一棵榆树的形状。两只达乌里寒鸦在槐树上，任由雪飘落，雪便有了寒鸦的形状，这些形状和在一起，便是村庄春分沐雪图的形状。两只寒鸦没有鸣叫、没有欢腾，只是不时地抖动一下翅膀。剩下的就是大片大片的雪花簌簌地飘落着的声音。一会儿，一只寒鸦又飞落到那棵榆树上，侧身回头，眼神迷离梦幻，一群刚刚出头的小榆钱列队在树枝上迎接着这只庞大的寒鸦，一个个露出黑黑紫紫的小牙齿在微笑着。我站在西屋的房檐下看着它们也如那些小榆钱一样甜美，眼前不断有房檐的雪水慢慢地滑落下来，也不能够吸引我移走观赏寒鸦的眼神。

春分后的雪是留不住的。第二天清晨，树上的雪已经荡然无存。雪在树上落下过吗？

达乌里寒鸦在孵育完幼鸟后还会走的。

走了，明年还会来吗？

2021 年 4 月 2 日

达乌里寒鸦

暗绿绣眼鸟

一只绿色的小鸟。

一只眼圈都是白色的小鸟。

它就是村庄里的一只暗绿绣眼鸟。俗称"绣眼儿""白眼儿""白眼眶"。我喜欢"白眼儿"这名字,有趣,与小"绣眼儿"欢蹦乱跳的调皮劲相符,也符合人们看见鸟时愉快的心情。如果那时自己一来神也可以与"白眼儿"对着翻翻眨眨自己的白眼儿,那场景可不是用非常有趣就能够形容得了的。

与"白眼儿"相识是在去年6月14日。那时的野花园还叫"聚园"。暗绿绣眼鸟,身材小巧,有我一个拳头的那个长度,10厘米左右。两三只在"聚园"的一棵榆树上跳来跳去不停地翻滚。榆树像个小潭,任由"白眼儿"们在里面戏水逗趣。"白眼儿"的叫声细小清脆,身材短小翠绿,腹部乳白色,白眼圈儿醒目。几只绿色的小鸟与榆树融为一体。这是我第一次遇见绿色的小鸟,在我的村庄,我的花园,自己的心好像被绿色的笔刷柔软地刷动着,来来回回地舒服。眼睛长时间盯着"白眼儿"拍摄,有时都会累得流泪,但也心甘情愿。

今年4月10日,黄土洼村,杏花盛开。

著名诗人、翻译家树才老师,应我的邀请,来到黄土洼北营我的家。老舍文学院高研班诗人王伟、梁小兰陪着。

午饭后，我们到花园散步。后坐在凉棚，喝黄芩茶。想请树才老师给花园起个名字。原来我的花园叫"聚园"，是我临时拿来用的。就是想把山里能够"聚"来的花，都请到这座花园里。人们来村庄，到花园便能欣赏到山里的花草。树才老师看到花园满坡、村庄满山的杏花，他说就叫"杏园"。我迟缓一下说，有杏花的村庄昌平很多，比如黑山寨、流村等地到处都是。我们继续闲聊喝茶。他又说那叫"瑞园"吧。"瑞园"好啊！"瑞园"得到王伟、小兰和刚哥的一致赞同。树才老师在晚饭后的微信里说："祝贺瑞园今天诞生——其实早已存在了！"

"聚园"正式改名为"瑞园"。园子里正在开放的紫花耧斗菜、白头翁，刚刚长出笋尖的玉竹、还未见动静的百年老核桃树以及满园、满村的杏花见证了这一时刻的来临。

叙利亚著名诗人阿多尼斯说："什么是花园？一位女诗人，在沉睡中作诗，在静默中吟诵。""瑞园"里的一花一草、一树一木、一鸟一虫，都是"女诗人"，她们充满着女性的温柔与善良。她们把那些温柔与善良的种子长到泥土里，年年生发，日月生长，让村庄无尽的美好无尽延绵。

五一时节，榆钱又被榆树制造出来，鲜嫩光亮。心里便惦记着"白眼儿"的出现，不断地在房前屋后、瑞园的榆树上寻找。没有鸟的叫声，或者看不见鸟的飞落，树上基本上也没有鸟。一天终于在院门外听到了动静，一看哪里是"白眼儿"呢，是一种新的我没见过的小鸟黄腹山雀。黄腹山雀身材同"白眼儿"差不多。但黄腹山雀肚子是鲜艳的黄色，背部也大部分是黑色，在绿色的榆钱中还是很好辨认的。黄腹山雀与"白眼儿"的玩法相同，都是在树上机巧地滚动。耐心地等待吧。万事求之不得。我没有拍摄观察村庄鸟类的时候，村庄里的鸟们早已存在了。出现在我面前，我幸，就够好了。不出现，它们仍然是我的喜欢。

5月8日的一个转身，终于与今年的"白眼儿"相遇。瑞园里玫瑰小园坡上的一棵杏树，青杏青青，树叶青青，两只"白眼儿"在那里。白眼圈分外明亮，里面的黑眼珠溜溜地转着，还是机警敏捷、浪花一样翻腾的"白眼儿"。

鸟们要喝水。

鸟们要吃榆钱。

只要在水源处，在榆钱时节。

等待着，期盼着。绿色的"白眼儿"自会到来。

黄色的黄腹山雀、红色的普通朱雀雄鸟都会到来。

村庄的四季就是这样到来的。也许受气温的影响，会早到或者迟到一些日子。但迟早都会陆续到来。不用怀疑。这是轮回中早已注定的事。

想看"白眼儿"在村庄繁衍的鸟巢，要等到深秋树上的叶子全部落光。哪里的小树上有个特别小的网兜状的小巢挂着，那就是春夏季"白眼儿"们夫妻恩爱、孵育幼雏的地方。

2021 年 5 月 12 日

暗绿绣眼鸟

长尾雀雄鸟

长尾雀雄鸟在发情期，身子像是灶膛里燃烧的火炭，红彤彤的艳丽灼热。胸脯、大腿、脖颈、喙的周围都是紫红色，它的情欲来了，身不由己、不可遏制、无须遮掩，亮堂堂地散发着生命的光芒。

长尾雀雄鸟是瑞园里最亮丽妖娆的鸟，与园中的牡丹媲美。

我总是在长尾雀雄鸟发情的时候，看到它。它不知道发情的时候要象征性地收敛一下，要羞涩、矜持一下。收敛、羞涩、矜持都是人类自己的性美学，到动物这里无济于事。乐见美好而又漂亮的事物是人类乃至动物的共性，不然长尾雀雄鸟也不会在发情的时候，身子暗暗使劲，魔幻一般为自己涂抹出紫红色的色彩。它比人类强多了，人再怎么着急，手也不能够延伸到自己身体后面画出如此的美丽。人有些时候顾前不顾后。女士要是穿件特别合体的旗袍，还得求助身边之人把后背的拉链给拉上。每次遇到长尾雀雄鸟，在平静的喜悦中我都会不自觉地感受到一种跳动蓬勃的力量，我的韧度在加强、我的纯度在提高，我的蓄水池正在咕咚咕咚地地蓄着水。

长尾雀雄鸟，每年的5~6月出现在瑞园里都是身着盛装、信心满满的样子，就像一位俊美的男士要赶赴一场重要的约会。它只身前来，没有成双成对。它来了，扑棱一声，落在绿色的杏树上，一条紫红色的飘带隐忍着不动。再一次扑棱声出现，它已然落在杏树下的水缸上。注意到长尾雀雄鸟一年多了，就是没有拍到它更清晰的照片，几次都是在某棵杏树上一闪而过。它机警过人，稍微有点动静就一跃而飞，留给我的机会实在不多。2020年6月初第一次拍到它，即使照片不太清晰，发给老峪沟中心小学的谢老师，他还是一眼就给出了答案：长尾雀雄鸟。

2021年5月20日。长尾雀雄鸟落到水缸缸沿上。让在老核桃树下劳作后边休息边等待拍鸟的我，眼睛里灵光闪现。水缸是我给村庄里的鸟类搭建的舞台。水缸后面的山楂花开正盛，散发着浓郁的重香。山楂花的花朵团簇状，一朵一朵的小白花簇拥在一起。它的香气一重一重的厚重，凑近了闻还有点呛鼻子。长尾雀雄鸟的颜色，从浓烈度来说，与山楂花的香气相得益彰，张扬的程度够烈性、够火爆、够意思。

这个时节，瑞园的两棵牡丹正在呈打开之势。牡丹，移栽过来是第三个年头，大些的那棵，4个花苞都长得好好的。它们由绿色的小花苞渐渐地长大，大到有一枚酒心巧克力的样子。然后，不知道哪天从花苞上慢慢地露出一竖边的紫红色线条，像一束紫红色的光从牡丹的心里放射出来。牡丹要开放了！牡丹花真的打开了！它的花朵要数倍于它的小花苞。我不是咋呼之人，看见自己栽培的牡丹如此怒放，还是被牡丹的热浪强烈地拍打了一下，发出了惊叹之声。牡丹在铺满绿色的5月瑞园吐露芬芳，一层一层地打开，一枝牡丹花恰似百枝牡丹花的温柔。

牡丹的好日子来了，长尾雀雄鸟的好日子也来了。

瑞园的情，似水流动，哗啦啦清澈无垠，像经过瑞园的风呼呼地一阵阵来临，这也是风的季节，风的好日子。

长尾雀雄鸟善于发现新事物。距离山楂树不远瑞园的边缘的一棵老榆树下，刚刚建了一处简易洗手池。每次回瑞园，我们都会放一池干净的清水。给村庄里的鸟类提供又一个饮水处，也是为我拍摄鸟类搭建的另一舞台。长尾雀雄鸟果真再次出现。陶瓷的水池边缘比较光滑，长尾雀雄鸟落下没有站稳，它急忙调整步态，顺着水池边沿移动。还是站不稳，三番五次地它仍在坚持，没有成功，它还是没有放弃，继续调整自己，结果它一直从水池沿的北头移到南头，也没有成功，最后它决定放弃，展翅起飞。我的镜头一直跟踪着它，从头到尾。不久一只红眉朱雀雌鸟也想落在水池沿上，一看没成功，便立刻飞到那只水缸上，顺利喝到了水。

121

瑞园的故事，天天有，天天精彩不断。

只可惜，目前每周我还是只能陪伴它两天。

以后，天天陪伴它的日子会来的。

那才是我的好日子。

2021 年 7 月 7 日

长尾雀雄鸟

远东树莺

两年前的 7 月 4 日，在沙亮沟沟口外，遇见远东树莺。

两年后的 7 月 4 日，远东树莺来到北营老宅外的老核桃树上，慷慨激昂地重新亮嗓。真是巧合。准确无误。难道我对远东树莺有一种命中注定的欢喜？

在这中间的两年，我把它忘记了。听到院外的叫声，我以为又有一种新鸟来到了村庄。把拍的照片给谢老师看，他说是远东树莺。我这才回忆起两年前曾经与它相遇。它的身影在脑海里已经模糊，它的叫声也已荡然无存。这就像你爱上一个人，它的长相你以为你可以记住，但时隔日久你却怎么也想不起来了。更别说他的声音、呼吸甚至特定时刻的叫喊，更是转身而逝。哪怕当时他有胜过任何鸟儿般的甜言蜜语，任你怎么留恋纠缠，总还是抓不住挡不住那声音的遁迹无形。这是人的无情吗？

两年前，去沙亮沟逛山景，半途中远东树莺的声音一出现，仿佛一下子有一明亮干净的红色旗帜穿越过潮湿的满目青翠，从黑梁尖的最高峰上，一瞬间闪出了那般神奇的光亮，瞬间吓退了那逼人的潮湿。我停下脚步，屏住呼吸侧耳倾听，从大到小地判断远东树莺所在的区域，最后不远处的那棵老核桃树成了我锁定的目标。我不断地在核桃树上用相机上下左右地寻找。老核桃树正是孕育核桃的时节，满树巴掌大的绿色叶片密不透风。清脆悦耳的鸣叫还在继续，我没有惊扰到它，我还有机会。终于它出现在取景框里，它就是远东树莺。

远东树莺不喜欢在村民住户范围内停留。它喜欢隐秘，不会像白头鹎那样在树尖上不在乎危险般扬扬得意。远东树莺是智慧的鸟儿，它的鸣唱先是撩人的颤动，最后更是撼人的清脆昂扬。心声表达至臻至美，行踪低调隐匿。认识它两年后，它又来到我们老宅外鸣叫，它是怕我忘记它了吗？它是要真正地把我对它的热情重新唤起的呀。短暂离别后的再次相见，强化了彼此的珍惜之情。我再也不想再也不能忘记远东树莺了。

沙亮沟是黄土洼最美的一条沟。沟的尽头是村庄最高的山黑梁尖，黑梁尖外就是河北的横岭村。山中有一条路，把黄土洼与横岭村相连。黄土洼有几条沟：东边有大东沟、小东沟、刺头沟，西边有刁窝沟、沙亮沟、黄羊沟和马家沟。在这些条沟中，沙亮沟最美，最有想象力。凡是交通要道都具有它独一无二的魅力。那里的山、土地、树木都沾染了更多的来来往往的人气。远东树莺选择在沙亮沟居住，也仿佛是看中了这一点。

沙亮沟的土地肥沃，被村民王巨禄老两口收拾得整齐光鲜，杂草全无。沙亮沟沟口外，原来有个大户人家，王家。二十世纪六七十年代，王家就有独立的院墙，里面靠着山坡一字排开有 4 座独立的院落，两个儿子一座院子。按照现在的说法就是联排别墅。王家自己有一个带着房子的碾道。要是赶上阴雨天，我们不能在自己家附近露天的碾道推碾子，就去向王家借用他们的碾道来碾压玉米或者谷子。王家是村里的大户人家。我在黄土洼村史博物馆里看到过王家老太爷和老太奶奶的照片，衣冠楚楚的农村老派风格。而我，1966 年出生的人，直至到了 14 岁还没有进过一次照相馆。

王巨禄夫妇就是王家大院的主人。上世纪随着改革开放，王家的后代陆续离开村庄，到昌平区平原城镇落户。王家的后代只剩下王巨禄夫妇和我姑姑两家。后来，黄土洼村为了便于集中管理，王家大院剩下的这两家人搬迁到村子集中地区。从此，王家大院日渐

123

败落。整齐的王家大院日益破损，到现在只剩下王巨禄家的几间房子还在。王巨禄的房子搬到村子里别处，但他们耕作的土地还在王家大院往上的沙亮沟。每天他们夫妇要赶着驴车往返将近两个小时，到他们的土地上劳作。日日不断，年年如此。王巨禄夫妇今年已经都80多岁了。他们还每天从我们家门前路过，驴车拉着他们，慢悠悠地走上去走回来。土地养育着村子里的人，村民也精心耕作着土地。这些事情，远东树莺都知道。每年远东树莺都定期来到沙亮沟，看望这两个从不厌弃土地和村庄的人，并同他们住上一段时间。把它美妙清脆的歌声献给他们，献给村庄里生存着的万物。

　　2023年7月，老爸96周岁了，他已经不能正常行走，大姐与二姐时常推着轮椅，带老爸去村庄的公路上散步。我休年假正好与她们同行。到了五里松村的路口，我们休息，问老爸这是哪里，他清晰地用大力气说：五里松。在问老爸话之前之后，五里松村子的方向，远东树莺清晰的鸣叫声不断传来，声音嘹亮昂扬，无可替代。我想，老爸壮年时，在村庄放牛放羊天天行走在山沟沟里，也一定听到过远东树莺的叫声，那时他的心里一定也会美美的吧？

2023 年 7 月

远东树莺

三　村庄外的他们

　　无论陷落在哪里，我都会一眼瞄准那里的一棵树、一枝花或者一个大大的蜘蛛网。它们伴随着我陷落在活生生的现实生活当中。在昌平小城生活 30 多年，我记不住柴米油盐的价格走势，也记不住自己穿的最贵的衣服是多少钱，却总是记得楼前那一排超过 6 层楼高的杨树，昌平电视台老台院子里春天的榆叶梅，几只从十三陵水库带着冰碴款款飞起的白天鹅。我还会每年都盼着老家的杏花准时开放，因为那时母亲会准时坐在院子外的石台上，望着她依恋而又喜悦的山村。无论何时何地，我的周围都没有缺少过这样的风景。

黄土洼村

乌鸫的鸣叫含着樱花的香气

　　乌鸫住在城区。一种鸣叫动听婉转悠扬的鸟。它的鸣叫不是一个节奏、一种曲调。它时而断续低回，像小孩子般调皮，时而高亢激昂，一连串的哨音明亮干净、清脆果断，像是做出一个正确而又令人激动不已的决定。听见乌鸫的叫声，我就不想走开，就想依偎着那小曲，静静地把我的心给它，给它我此时此刻真诚的欢喜。鸣叫是一种大胆的行为。乌鸫鸣叫，没有顾虑、没有彷徨，该鸣叫的时候就随时随地鸣叫，这是人类没有办法做到的事情。而且那声音一出场就技压群芳，白头鹎、灰喜鹊这一类的鸟儿虽自有它们鸣叫的天地，也不得不对乌鸫的鸣叫充满敬意。尤其是在春天，乌鸫求偶时节。

　　为了在春天更好地去玉渊潭看樱花，3 月初我们就去踩点。那时樱树枝条上的小花苞刚刚露头，北岸桥头的桃花即将开放。一汪潭水里，绿头鸭、鸳鸯成双成对地游荡，也有群游打闹成一片熙熙攘攘的你一嘴它一嘴地神聊，或者准备比赛看谁游得更快，谁能更快地夺取游客们给的吃食。公园里的工人正在给花草树木浇水。水，是好东西，人与自然界都离不开。绿头鸭、鸳鸯怎么饮水呢？它们日日在水里，水对它们来说似乎唾手可得。可对飞鸟来说，哪里出现水，它们的信息比人灵百倍。正在续水的树盘吸引着远处的乌鸫。一只乌鸫飞落在一棵槐树上，准备逐步地靠近树盘。它环顾四周，见没有干扰，就迅速飞落在地，一步一步昂首挺胸，紧凑地一扭一扭地移动着，直至走到树盘边，一边饮水一边抬头张望。当然，它的所作所为，我一目了然。乌鸫的体型与乌鸦相仿，但比乌鸦身量要小一半吧，与我老家小山村黄土洼的中型鸣禽山噪鹛差不多。这是我和乌鸫在玉渊潭第一次相遇，除了令人期待的樱花外的一次美好遇见。乌鸫在我心里比樱花先到。乌鸫是替樱花给我报春的吗？

3月底，我们要去看樱花了。从亚运村坐公交车近1个小时到航天桥北，再换乘一趟车一站地到航天桥南，穿过一条马路，就到了玉渊潭公园西门。公园外，人太多了，密密麻麻，人挨人吵吵嚷嚷的。看着有点烦躁。最近这些年，喜欢安静，从来都不想往特别热闹的地方去。看着眼前这么多人，心想这是何必呢？既然来了，肯定是要进去的。好在有北京公园年票，不用网上预约，进门自然顺利许多。进门，往左边一看，繁密的樱花挂在树上，一棵连着一棵，像是樱花瀑布从天而泻。瞬间，我的情感被樱花们击倒，仿佛众多樱花要把我席卷而去。非常值得一看的樱花。游人再多，也多不过我对樱花的喜欢了。在公园北岸边走边看，一路惊奇与生动相伴。心情也像一只小船，颠簸不定，起起伏伏不得消停。有多少人就有多少面镜子，各色樱花闪耀在树上，也同样照进人的心里。垂枝樱，花花一树，满堂满室，洁白如玉，温婉如烟。一簇簇的花朵沿着树枝垂下来，欢跃而淌，仿佛抚摸着自己的爱，顺路奔喧而去，流落成溪。枝与枝紧致相拥，花花们又簇拥成一片湖水，晶晶莹莹地涌动着急迫地寻找着自己生命的出口。赏樱花，就跟看大片似的充满玄妙新奇。一段迎春樱，细碎单薄，有点像杏花；一段山樱，粉嫩精巧，像毛樱桃；一段椿寒樱则比较突出，粉红粉红，灿若烟霞，软如绸缎，细比胭脂，粉嘟嘟水灵灵地可爱如少女。一段段，一行行，横看是樱花，竖赏还是樱花。玉渊潭是樱花的天地。我盛放鲜花的爱的世界里从此又多了樱花这么个重要的"主儿"。此时此刻，我多想像乌鸫一样鸣叫欢唱，那欢唱里一定布满樱花清香的气息，前调、中调、后调都跑不了，如若能跑，也是跑在铺满樱花的跑道上，香烟四起，无遮无拦，云里雾里，自由自在。乌鸫的鸣叫是今春的药引子，让我品饮樱花酿这一剂良药后，滋生出的美妙像海浪不断敲击着我的心房。

认识乌鸫，是在亚运村大屯文化广场。说认识，只是听到了它在林中悦耳的鸣叫。循着声音，寻找它的位置。没有找到。为了赶路，与它擦肩而过。再次遇见乌鸫的声音是在我所居住的秀园小区。那特色明显的叫声仿佛是乌鸫对我的邀约。仔细寻找，远远看到了它的身影，黑黑的样子。直至在玉渊潭才拍摄到了它真实而又生动的模样。乌鸫对我而言是先声夺人，不是以貌取人。在城区，它比我看到的东西多，吸收的东西多，我去哪里都愿意看到它。

看了早樱，必须再去看晚樱了。喜欢变成了爱，欲罢不能。看晚樱是距离看早樱 10 天后。看早樱时，晚樱的花苞已经不小了。估计这个点应该掐得准。进玉渊潭西门后，往左边走，那些震撼我的早樱樱花已经功成名就，归隐田园，只剩下满树的叶子，窸窸窣窣地随微风摆动，仿佛它们把手都指向了不远处的晚开樱花。游人明显减少，走起来，非常透气，也能看看公园里的其他花草了。黄黄的棣棠花、蒲公英，铺满一块块花园。高大的柳树，也是春天的柳树了，嫩叶黄黄绿绿攀爬在细细的枝条上，紧紧地匍匐不肯松手。无论怎么忍着性子，赏看其他花草植物，心里还是只有晚樱。之所以放慢脚步，一是不愿意放弃路边细微的春色之美，二是倒要看看晚樱樱花的开放迅猛和激烈程度。

关山，是晚樱品种，看玉渊潭的宣传图片，一眼就惦记上了。上网查看，关山的一朵花直径有 6 厘米，花瓣 33~35 片。仅凭这两点，就足以让我放心不下。我怎能舍弃与它相见的机会呢？

　　近了，关山就在眼前。远看，紫紫红红，满树满枝的花簇像是缀满球状团花的大幕不断地在风中抖动。这样的紫红，气势有、气韵有、气场也有。不是震撼，而是宁静；不是好看不好看的问题，而是，从来不曾见过花还可以这样子抱着团开，打着滚开，一溜烟地开，满树密切私语地开。关于花如何开，想象为零，无能为力。只有真见着了，才能够说出真实的话。在关山樱花面前，不是它要你怎样，而是你要怎样。你只能主动而为，主动地想走进它的世界。不要羞涩，没有矜持，远离教条与束缚，也要学关山樱那样子开出自己的非凡姿色。近看，关山樱的主枝干上滋生着许多大大小小的枝条，每个小枝条上坠着1个、3个、5个花球，大枝条上要有十几个、二十几个不等的花球。一球是一球，每个球都由十几朵花组成，哪一个球都是不折不扣地饱满圆润，温婉柔媚。那些花球看似你要撞上我，我要撞上你，但就是没有撞上。彼此招摇引诱，但彼此又不舍得靠得那么近，留有空间、留有余地、留住彼此可以凝视的距离。也有树中间的新花枝往天上去的，因为下面有无数的花枝正在托举着它们，像是托举着新生的婴儿。还有树枝相互交联，没有规则，枝叉交错，使得那些花球相互掩映密切地融合在一起，温暖柔软，你中有我，我中有你，形成了一番花花争先又花花谦让的亲密可人的场面。园子里的游人集聚在这里，他们能往哪里去呢？他们就是为这热烈开放而来。一只乌龟游出水面到小岛的石头上，探出头，问在那里休息的雌绿头鸭，是不是也要一起游到北岸，去看看关山樱呢。那花朵满树的紫紫红红花好看着呐。

　　玉渊潭的北岸边有几棵松月。大片紫红的关山樱花中，白白胖胖的松月樱花非常抢眼，白中带粉，透透亮亮的，机灵清脆，不闷不惫，也是朵朵团团地聚集在一起。相对于关山来说，松月在园子里稀少，少则稀罕，少则有缺之妙美。一位女游客与同伴说：这棵树的花最好看。你看，刚刚还对关山樱赞不绝口，到了松月樱这里，又瞬间多出了自己内心的另一番赞美。这就像你本来很欣赏玉渊潭潭水里的鸳鸯和绿头鸭，却突然飞来一对凤头䴙䴘在水里跳起了求偶的舞蹈，踢踏踢踏、昂首挺胸、短发飞扬，整个水面瞬间成了它们俩的主场。看，美就是这么出其不意，多姿多彩，变幻无穷。

与关山、松月樱花们纠缠累了，就漫步去南岸边游人稀少的地方休息。刚刚在休闲椅子上坐稳，感觉有鸟落在身后。悄悄转身。一只乌鸫飞落在我们身后的一条树枝上，它很安静。等我们再次漫步在岸边时，树林里传来乌鸫的鸣叫，我怎么觉得此时乌鸫的鸣叫有种特殊的味道呢？那味道散发着乌鸫与樱花们所有的秘密，那秘密包含着每一朵樱花的香气。

2023 年 6 月

爱上路边的那条小径

从 2002 年始，自己已经有 6 年的驾龄了，每天上下班总是开车，开车的好就是能够迅速把自己从疲劳的工作岗位放到家里温馨的沙发上。速度是快了，但路上的风景几乎没欣赏到，或者看到了也是皮毛而已：不外乎车流，还有那么多随意穿行的行人，以及那些清一色的高楼商场闹市。联想到人的一生，难道目的就是从这里到那里吗？有些事不想还好，想想自己先毛骨悚然，浑身起了鸡皮疙瘩。速度的快感使我们总是盯着前方的目标，从而忽略了享受身边略过的细致风景。如果说路越修越宽，通行越来越顺畅，那么我们是否越来越不愿意或者说只要上了路就会不由自主地奔驰，而忘记了那个过程的美好呢？连续在车上奔波，我倒非常羡慕路边的那条小径上闲散步行的人。他们一定看到了我没看到的，他们心的跳动一定是和缓均匀的，他们的神经也一定是松弛闲散被保养得好好的，并且正常地在发挥着应有的作用。

一个小雨天，我带女朋友撑伞去游城市森林公园，她说：真舒服，有潮湿的泥土清香。我说：你知道你为什么那样舒服吗？她说说不好。我说：是因为你本身就是自然界动物界的一员，你的周围就应该有这杂草湿地绿色野花河流，你就应该在那地方自由行走奔跑欢笑或者栖息生存。公园里有许多人造的曲折幽僻的小径，那个小径特别适合人懒散悠闲地漫步。在那小径上你不由自主地想深深地呼吸丝雨的清凉，你不由自主地想放纵思绪沐浴在微雨的轻漫飘忽里，你不由自主地想用心亲吻雨丝薄雾的精纯。小径边的丛生野黄花，挺着身子亭亭翘立着，嫩黄色的花瓣上晶晶凝露珠玉纷纷，未开放的花苞则饱满丰润在花茎上呼之欲出。清澈的水潭边缘生长着成片的芦苇，潭边还有零零星星的红荷颤动在层层的翠盖间，婉约中散发着几分野气的幽幽清香。而这些令人养神悦目的自然之色就在高楼接踵的现代化都市森林公园小径边。当你疾驰而过时，你想过路边这样的风色吗？如果是原始森林或者是深山山峦中的小径，你又会如何呢？

前些年，农村有句俗语：要想富，先修路。于是条条马路平整光滑宽阔地把人送出去、接回来，来来往往、人流不息、车水马龙，农村真的富裕了热闹了，小城也变得越来越大，大的城市则越来越繁华，人们相拥在快速公交、城市铁路等等的路线航线上，追逐着物质的华丽、钱财的富有。而过去的泥土路石子路，柴门茅舍、炊烟缕缕、溪水潺潺流过的村庄早已荡然无存，小城城墙围拢的宁静淡然从容也已湮没在匆匆发达的城市影像中。记得有位作家说过，他的思维总是慢别人半拍，别人都在潮流的浪尖上，他却在潮流边慢条斯理地仰看，但他并没有落伍，而且还非常有名。

摆在人面前有许多条路，而在众多的选择中，路边小径的泥土石子的摩擦增减缓了步伐，也许正是这样的缓慢让人们有了思索考量享受的空间。有了抬眼望天天蓝、低头看地地实、放眼环顾风景如画的浪漫心情。有了与你因为忙碌而忽略了的最应该体贴关心的亲人拉拉手的温暖真切举动，有了如何做好女人、男人的自我剖析而生出的自我感动，而非从此端到彼端的急切与功利的疲乏劳顿。

路，无论走哪种，都有它各自的意义，但我喜欢并且爱上了那路边的小径，那路边的小径我想也会因为我的赞美与体味而默许了那和缓步伐的轻盈与淙淙眼神的流动。

2008 年 8 月 23 日《中国建材报》

5月，柿子花开

5月，我在平静地等待一件事：柿子花开。

从小生在小城的西部，那里气候寒冷，昼夜温差较大，只适合冷海棠、热海棠、核桃、山杏等果木生长。在我儿时的记忆里，没有柿子树这一笔。现时，我生活在小城，柿子成了它怀里"一花三果"里的一果。柿子汁液的香甜，果实里舌头的柔软爽滑，柿饼的甘饴劲道，都是柿子让小城疼爱的缘由。但对我来讲，只知道这些还远远不够，这不，就在这繁花似锦的时节，我却一直惦记着那些柿子的由来。

4月中旬去康陵村，那里的樱桃花开得正盛，而柿子树却不紧不慢地刚刚吐出嫩芽，仿佛刚刚睡醒的美人，睁着一双惺忪妩媚的丹凤眼，美丽懒散地看着身边花开花落，嫩绿晶莹的眼神透彻明亮。5月初的康陵，村旁的樱桃已青涩地探出小头，头上还顶着未落掉的残花，而柿子树的叶片椭圆短小正在发育，泛着少女脸庞柔细的茸毛，舒展着青春的潮湿与润泽，看着心里痒痒地想去触碰。轻轻地把一叶片拿在手里，细细地闻识，淡淡的草木香便慢慢而来，那味道仿佛既有若无，无中生有。真的什么味也没有，这就是柿子叶的平凡新奇：无味里的有味，跟我们生活里许多没意思的时候一样，是智慧和兴趣把那些没意思变得非常有意思。等到5月中旬，家住南邵的女友发短信："柿子花陆续地开了。"是啊？自己赶紧约上朋友赶到康陵旁边那片柿子林，但见柿子树叶越发旺盛成熟，跟秋天成熟的柿子叶大小相仿。一些老树上的叶子铺铺展展健健壮壮，结实而有力地在风中摆动着。树枝与叶的根部冒出许多绿色的小东西，4个绿色的萼片用身子紧紧地拢着一个青豆大小绿色的浆果，萼片底部收缩紧致外部向外张开着，仿佛时刻在呼吸着新鲜空气汲取着营养。要不是刻意观看，它们被肥大的树叶覆盖，真是找不见它们的身影，它们就那样随意在树上自然地跳跃着。回来问女友哪里的柿子开花了，她说她们家院里那棵。原来南邵要比康陵暖和，所以柿子花先到了。晚上，同先生一起去散步，由于他要修改裤边，我们选择了僻静的昌盛路，结果，发现路边的绿化带里就有我们那么远道而寻的柿子树。真是一个大的惊喜！赶紧凑近仔细地看，可不，有的柿子花已经开了，零零星星的，那花被紧紧护卫在肥厚硬实的萼片内，4个萼片里4个花片，花片也是硬硬的肥厚的，像是蜜蜡的黄色，油润光洁，清心无味。与那花安神对视，心里会顿生佛心的宁静慈善温和。但那黄色太不招人眼了，全树绿叶浓荫，花个头小又被萼片遮掩，大部分路人都慢慢悠悠地走过，没什么人停下来在那里观看，他们哪里知道就在身边还有这样的美色呢。柿子花寡言少语、不善张扬，默默地开在路边，既不献媚于谁也不哀怨于谁，既不嫉妒其他花的鲜艳也不记恨自己的无人垂青，既能包容路边的喧嚣也能暗自努力培育秋天的盛景。一路，我们就那样走走停停，看看这棵，再看看那棵，心情有说不出的愉悦，真是满足了我随时随地看花的意愿。想着自己这个5月后边的日子能与柿子花这么长时间地接触，还有明年此时此刻此地的希望，该是多么令人兴奋啊。

昌盛路边的柿子树年轻，自成一景，要领略柿子花的另一番情境，还是要到柿子林去。柿子林有烂草石子铺就的小路，路边是成排成片的柿子树，树干灰黑皲裂，枝丫高伸，叶子茂密，与这些相比，柿子花就更娇小玲珑，随便个中等的枝条就能托着小几十的花朵，数量增多，大部分一起开放也就多，避开几片叶子细看就是一朵小花，一朵一朵黄黄的，像一颗颗金色的小星星扑闪在叶子群里，自由明亮真切朴实无华，就如生活中陪我一同欢乐一同解忧的友人们，一直闪现在我的生活里，时常激发我对生活的憧憬和向往，使我一直生活在那真切的美丽中。

柿子花开，每年 5 月，我都会来到她的身边。悄无声息，却心息相通，与那柿子花。

2012 年 5 月 24 日 《劳动午报》

10 月到凤凰

　　凤凰古城虹桥边上的几株木芙蓉开了，正好让我赶上，我很开心。这让我见得凤凰古城后有些许失落的心得以很大的慰藉。

　　凡是古老的城，总是能让人产生联想，向往着想去那里寻找奇思妙想，或者触景生情，翻找出那里那个古老时代的风流韵事，人家是怎么美着。对凤凰古城，我也有些这样的期待。沈从文当年从北京到凤凰用了十二三天，而我此行才用了不到 12 个小时。时间是短了，但我也同时失去了漫长行程中的美丽景色与那神圣的文思。

　　凤凰古城坐落在沱江的两岸，那些细细粗粗木棍支柱的吊脚楼沿江而立而去，吊脚楼最亮丽的顺江而去的部分从这头走到那头约 40 分钟，打个来回也没多远。古城里大都是商户、宾馆和客栈，到处都是游人，而那些当地的苗族、土家族人已远远地被淹没在交织的游人中，少得让人稀奇。但好在，那些看似快要淹没的人还时不常地出现在眼前，提醒着人们：这是我们凤凰噢！在古城，苗族、土家族的女人们清晨就早早起床，在那江边洗菜、捣衣。10 月份的江水早已经有了些凉意，但她们依然那样平常地洗着，体现了女人的勤劳与耐受力。特别是那梆梆的捣衣声，更是让人浮想联翩。在那声音里，她们是如何从稚嫩的小姑娘变化成充满力量与坚强的女人的呢？清澈的沱江水就那样默默地流着，无从说起，又何必说起呢？岁月就是一把锋刃，它磨光了一切，让那一切流露出逼人光芒。古城里少有的苗族、土家族老妈妈们，则在自家的街道商铺前做着针线，那些大都是一些小的手工旅游纪念品，也卖不了几个钱，她们大都用此消磨时光，或者说时代也把她们拉到了旅游的环境里，让她们就以这样的方式从容悠闲地活着直至老去。她们就是古城里的念想，无论是外来人还是本地人，看到她们，才仿佛想回到那逝去岁月的光阴里再次年轻着。古城里还有许多年轻的苗族、土家族妇女，也不知道她们从哪里采来各色鲜花，把它们编织成花环，再以3元钱的价格卖给游客，很便宜很鲜美。于是，许多女游客都头戴花环，这里拍张照片那里再拍一张，把自己也变成了古城里的一簇鲜花。

古城最撩人的是那沱江，青青绿绿、清清亮亮的。江里游船点点，阿妹阿哥表演式地唱着山歌，歌声还算清脆、圆润，特别是他们唱歌结束时的"哟……喂"，透着喜悦、朴实、悠远。那"哟……喂"既是告诉你，我唱完了，也是呼唤你，你该开始了。那里的男女青年，谁要是看上谁，就向谁唱山歌，直到唱得对方动心为止。位于古城北门外沱江河道中，有一条美丽的跳岩，始建于清康熙年间，过去是人们进出凤凰古城的主要通道。跳岩全长100米，共有15个岩墩，岩墩均用块石修砌，依次横列在河床上。以前石墩之间可以用木板搭上就能走人，现时，沱江两岸交通都走大桥，跳岩上的木板就自然被撤下，而只剩下石墩供游人玩耍了。这样的跳岩，在古城里还有，寻觅着走走，新鲜中充满着童趣。早晨与傍晚游览沱江、赏古城最好：清风习习，晨阳拂面，江水缓缓，古城披金；晚风清凉，余晖吹襟，江水悠悠，晚歌江上。那时散步在那里，那时光是那般美好，那美好的时光恰如流水般从容得没有丁点的局促与不安。

要想看古城景色的全貌，还是要到虹桥的二楼，南华山国家森林公园的观景点，在那些地方站得高、望得远。看着一脉江水，从哪里来，又向哪里去。看着洗菜捣衣的女人，离自己那么近又仿佛那么遥远。看着万寿宫旁边的万名塔，凭什么毅然矗立；塔前竹筏上被拴紧的鸬鹚，又是如何无可奈何，想飞跃的心早已被折磨得沧桑而斑驳；还有那虹桥边的几株木芙蓉相伴着古城朝朝岁岁年年，那样艳丽仙仙，心跳依旧。

凤凰古城建筑都是白墙灰瓦，特别是那瓦片，比北京地区盖房用的瓦片又薄又小，看着脆脆的薄，看来南方人的细腻可以推崇到瓦片上，那些薄薄的瓦片摆放在房顶上，细细碎碎的，针针密密的好看，仿佛那心思比江上的轻烟还细还密还轻。房脊上横摆竖放或就横倒放着一溜瓦片，等到房脊的中间，还有许多美观不一的装饰，有规则摆放着一堆瓦片的，有放着钱币样儿瓦饰的。那些装饰，更似女人穿着上的配饰一般，彰显着每个人不同的审美标准。

在古城，看得越多，古城也就越发亲近许多。现时的古城被大大地商业化，也便失去了许多原始的原汁原味，更没有了一见钟情的怦然心动。对凤凰古城，只能是在慢慢地品味中，萌生暧昧之情了。

2013 年 10 月

做丽江古城里的一只猫

　　就要离开丽江的时候，我与夫君坐在桃花坞观景台上用中餐，那是离文昌宫很近的一个观景台，坐在那里几乎能够看到丽江的全景。本来我们已经在那里用过一次晚餐，纳西烤肉、酸菜炒洋芋、杜鹃花炒蛋在木质的条桌上冒着热气，太阳伞外淅淅沥沥的小雨在眼前时有时无地滴落，绿树掩映中灰瓦层叠的古城湿漉漉地迷蒙，那情景把我们的心都迅速醉成一瓶清酒醇香，软成一把红泥，慢慢地流淌成古城的一条小溪了。而今天中午却是个半晴天，我们大可以倚在木围栏上，再次细品慢尝丽江的风貌，那些灰瓦不再湿沉，而是暖意辉辉；那端庄高贵的木府不再迷蒙，而在远处清晰可见辉煌依旧。但见一只黑色的猫蜷缩在眼前屋顶的瓦片上，懒懒洋洋地昏睡着，享受着阳光的温暖，沉浸在自己的美梦中。那猫多好啊，谁管它花花绿绿来丽江造访的人如何感叹赞美？谁管它当地的银匠制作首饰叮叮当当的击打之声？谁管它纳西少妇大妈在兜售新鲜的纳西雪梨、柿子、杧果的辛苦？那猫就自顾自地随意地睡着懒着又如何呢！那猫大概是一个姿势睡累了，懒着起身在屋顶上随意走动了一下，伸了个美丽的懒腰，就又顺在那屋顶上的别处躺下了。再看那些屋顶房脊的中央好多都立个小动物，由于看不清，我与夫君都猜测那是什么动物呢。真的是啊，临离开了，却是那些猫给了我们无以想象的美感，做丽江的一只猫又如何呢？有淙淙流水引领相伴，有青柳依依的垂帘遮挡，有光滑石板路的慢跑细颠，那猫该欲以何求呢？

丽江是个特别适合懒散的古城，凹凸不平相对窄小的石板路挡住了汽车、自行车，也挡住了现代的炫耀与喧嚣，步行成了亲近丽江的最好方式，就连拉杆旅行箱发出的咕噜咕噜的噪声都会迫使你把那箱子扛起，不然既扰乱了别人的清静，自己也会心绪不宁。在丽江古城，从标志物的大水车走南北向的新华街、酒吧一条街、东大街都能到四方街，也是来古城游客的大众之路，那里就时常人来人往地热闹，有些时候甚至有些拥挤，在那拥挤中，琳琅满目的商店与如织的人流相互往来，早晨清静中还在家居守的猫，这时早已逃之夭夭，去找僻静之所闲待了。这几条街的目的地是四方街，那里还是让人浮想联翩的，有几位纳西老妈妈，年龄差不多都在 60 岁以上，她们穿着纳西族服饰，戴着蓝色劳动布的帽子，就在那里不紧不慢地跳，那舞蹈节奏缓慢，动作简单但很有力量，跳累了，她们就坐在台阶上休息。看着她们，我们才知道这是美丽的古城丽江，才能够感受到古城的生命来自哪里。在古城待的几天里，每天我们都会去四方街坐坐，不为别的，只为看看那些老人享受生命的状态：简素从容、泰然平和、古朴纯净。而在那时，自己的心也会慢慢随之松弛，四方街其他人和物的嘈杂就都不在眼里了。

来古城游玩的人现在又多了一个必须去的地方：木府。它因为央视播出的电视剧《木府风云》而火，但在木府前，游客还是比较松散的，拥挤的程度也不比四方街，而且木府的前边有个比较宽阔的广场，广场的边缘是一条比较宽阔弯曲的水道，水道上有座石桥，两边都是临水的餐馆，一天当中从开张到打烊，游客可随时随地进出。"一品香"的女老板是东北人，她餐馆的位置好，饭菜味道好，价格也公道，在那里用餐，一顿餐饭从中午吃到下午也没人催你，因为她们知道来古城的人，哪个不是为了散漫而来，为自由而来，直至吃得舒服看得舒服懒得舒服了，客人自会起身去另一个地方懒散。古城相对僻静的是从四方街出来沿大石桥、小石桥往东的五一街，那里的石桥古老斑驳、杂草丛生，游人三三两两，水道宽泛，水流清澈，水道里的绿色水草飘逸舒展，像姑娘的长发随水流而舞。撩一捧水上来，清凉透骨，有着一股雪山水的清晰透彻。就那样走走停停、漫无目的、漫无思想，仿佛行走在自己梦想的地方。这时，不知哪家店铺的两只狗玩耍厮磨着一路向前跑去，而又是哪家店铺的猫却懒散在店门口的脚垫上，闭目养神旁若无睹，那样子仿佛是见过大世面，一切都已了然于胸，又何必还那样继续辛苦地行走呢？享受该睡就睡的时光才是最自然的。

在丽江古城的几天里，我们拿张地图就那么随意地走着看着懒着。古城的大小街巷走了许多，本来觉得融入不少，但没想到就在我们返回宾馆取行李的路上，却看到在一家店铺的角落里放着十几只"瓦猫"。噢，我与夫君对视一笑，原来这就是古城房顶上的动物：猫。原来这猫不但会懒，还会镇妖驱邪呢。

2012 年 11 月

雨季的雨

　　雨季是要下雨的，雨下来了，人心里面就舒服了。雨季要是不下雨，人就好像是犯了错一样，时常难受，头也抬不起来。

　　这些天总是在下雨，这才是雨季的样子嘛。坐在办公室里，时常站起来，走到窗前，看窗外面的雨。有时，暴雨如注，雨线密密麻麻，对面楼房办公室的窗户都被雨帘遮挡起来。那雨哗哗地急促地洒落下来，水泥地面，顿时白烟四起，不一会儿，雨水就没过脚面了。那时，人的心也跟着漂浮起来，像船似的荡来荡去。雨季的雨就是为了让人心荡漾的吗？

　　儿时，雨季正是山村山杏收获的季节；要是赶上下雨去捡拾山杏，鞋子、裤子满是湿漉漉的，裤腿沉得裹着两条腿，迈步都不方便。鞋子里还扑哧扑哧地滑溜。可是，乡亲们就是要在大雨来临之前把宝贵的山杏收回来。当时，条件就是那个样子，谁也不会觉得有什么苦。甚至，乡亲们干活时有说有笑，压根就没把雨中劳作的辛苦当回子事。我也跟着他们欢蹦乱跳地从这棵奔那棵地忙活着。乡亲们的笑声至今一直都荡漾在我的心里，从没有消失过。

　　在这雨季的雨天里，儿时乡亲们那爽快的笑声越加清晰了，越加地显现出来，让我无比地想念，那想念惆怅绵长又哀伤。恍惚间，单位院子里的30多辆车并没有动静，两棵泡桐树也在雨中安然。现在，村民日子好过了，山杏就成了观赏植物。大部分熟透的山杏在这雨季落得满地都是，也无人问津了。这样的大雨，那些山杏都被大雨冲走了吗？

雨季的雨，飘忽不定。只要是连阴天，雨说下就下，在下雨之前是不会有预警有通知的。天气预报只会说几天之内都有雨，但几时几刻落下来，落在哪里，只有雨说了算。雨季下的雨，人们是欢喜的，欢喜的眼神与麻雀、喜鹊没什么不同，没有杂念，没有那些边边角角的刺痛，只是喜欢。麻雀喜欢地想着，要去那个人家的窗台上觅食，欢喜地吃上一顿。因为一到这雨天，那家主人就会撒些米粒在窗台上。人则想着去哪家铺子或者酒馆喝上两杯，喜迎雨的降临。艺术一点的，则会坐在自家的阳台上，看着窗外的雨，沏上一小壶金骏眉，品上一口烫烫的、浓浓的茶水，举到唇边，然后滚烫着咽下，舒服！只是那一口，那一眼，雨季的雨便深深地从眼神滑落下来直往内心而去，哗哗啦啦、滴滴答答，人的那思绪啊，便急如鞭、细如丝、密如烟，下下停停、停停下下，远远近近、高高低低地随着雨舞动起来。要喃喃呢呢、要哼哼唧唧、要咿咿呀呀吗？雨季的雨。想着想着，那茶水那潮湿硬是逼出了自己一身的汗水，仿佛自己就是雨季的雨或猛烈或缠绵地下了起来。

拿着伞，去滨河公园。草木茂盛，鲜花盛开。雨季的雨是草的奶水，草是要吃个够的。7月，天天仿佛都是草的节日，牛筋草、狗尾草、马唐，身子挨着身子，挤着长在一起，让人分不清楚谁是谁。草就自顾自地生长着，一片草绿色延伸而去，湿漉漉地明亮。公园里有个花坛，是由五彩苏、凤仙花、百日菊、蓝猪耳的花组成的图案，夺人眼目。花坛边上全是草，草成了那些鲜花绿色的陪衬。也有草不做陪衬的，有一大片狼尾草就是公园专门种植的，郁郁葱葱，整齐茂盛，是站立在人眼前的草类。它们的边上没有鲜花，要是有，估计也会被那些草吞噬掉而成为狼尾草。

园子里，有工人在修整绿地，把那些草蹭着地皮割掉。他们认为那些草多余，妨碍了人们的视觉美感。其实，在草眼里，割与不割也没有什么，反正割掉身子，根还在。只要雨水在，它们还会往上长，它们就还是草。割草可以，锄草也可以，草最怕除草剂。草认为用除草剂除掉自己，是人干得最不爷们儿的一件事。那样的土地会得癌症的，不但草长不出来，什么植物也不会长出来了，即使雨季的雨再多，也白搭。南水北调后，滨河公园的水多了起来，水也清亮起来。在这样的雨季，公园里的水更好看了。小桥流水，烟雨迷蒙。小桥上，有个女子撑着红色的油纸伞走过去，自己仿佛真的就置身于江南烟雨蒙蒙的美景之中了。公园里的河岸边有一丛美人蕉，叶子肥厚宽长，雨季的雨要是打在上面，啪啪作响，真的会很好听噢。那哪是打在叶片上，那是打在雨季里的人的绵绵心绪上，那心绪或思念，或追忆，或鲜美，或伤感，一切心绪都会在雨季的雨中拍打宣泄出来，能倒出来多少是多少。苦水倒多了是畅快，幸福的水倒多了也是畅快。只有雨下够了，天才会放晴，人心也才会跟着晴朗。雨季的雨是下给土地的，也是下给人心的。人跟着雨季的雨学会不少东西。

　　休息日，回老家，照样阴雨不断。7月21日傍晚的雨瓢泼如注，哗哗地下了一个小时。水从房檐不断地流下来，像是天在房檐上往下倒水。院子里的积水瞬间聚集，水争相往院子外挤着，流不出去，而让后面落下的雨溅出许多大大的水泡。雨还在下，一直在下。院子里的两墩野百合正在盛开，那么大的雨，它的叶子花朵都还是挺立着，在雨中不断地颤动。而节节高的花则没有挺过去，顺势弯下腰来，拜服在大雨中。雨后直奔野花园，路边居然出现了流淌着的小河。村子里正在绿化美化荒坡，结果荒坡被松动的泥土把那小河染成了黄色。进入野花园，树盘里面全是积水，红旱莲的腿部都在水里浸泡着。瘦高秆有一米左右的藜芦花茎，得益于先生白天把它用竹竿支撑着，才没有倒伏。要不然，恐怕它难逃此劫，那样我可要心疼死。我长这么大还没有看见过藜芦开花呢。别处的花开不开，什么时候开，与我没有关系。而藜芦是我们村子里的植物，没看见过它的花，那可不应该呀。不光是我，还有我们全家人都眼巴巴地等待着呢。园子里的其他植物都翠绿绿的，经过这场大雨的冲洗与润泽，都鲜灵灵地翠绿得不能再绿，那绿色映照得自己的眼神都泛着翠绿色的平和之光了。

雨季的雨，下到雨季的土地上，万物葱茏，这万物也包括人。

2022 年 6 月 24 日《中国艺术报》

下雨了，去喝咖啡

喜欢阴天，喜欢潮湿，喜欢细雨霏霏。是北方常年干燥的缘故吧，便有了渴望跟湿有关的东西。

喜欢喝茶，喜欢草木之间人往来的自然。但中国味浓的茶久了是不是就有了新的盼望？那就在下雨的天气里去喝咖啡如何呢？

不知在什么时候，雨就有了与人心情的某种默契，在那个时候人们不自觉地充满了柔情、充满了想象，就不自觉地想寻找个出口走出那个平常。打把伞走入雨中吗？要与情侣相拥相贴的缠绵的雨中浪漫好像更符合年轻人，好像30多岁女人不是没有了那般温柔的清新，只是那样做了显得有些浮夸，或者有了轻薄。去漫步吗？好像下雨时又很少能有时间去奢侈一回。去小酒馆喝浓烈的小二吗？那应在张曼玉演的《新龙门客栈》里更有意味。那就去喝咖啡吧！

坐在咖啡馆里，看着服务生拿着咖啡器具举起，那颜色诱人的咖啡流淌出来，顺滑舒缓节奏轻盈地到了白色的瓷杯里，咖啡找到了它的空间，平静下来。你看着，就那样没个什么的看着，你会和咖啡找到丝丝入扣的和谐，渴望的期望。端起吧，把它轻轻地端起放在唇边轻啜，然后轻轻咽下，似苦含着一丝甜的咖啡就这样融入了你的心里，流淌在了你的血液里。音乐伴着，弥漫在咖啡屋里每个角落，每个音符充盈饱满地温柔着，就像喝了微熏的红酒，肆意缠绵地飞扬着；窗外是从天到地的天与地恋着的细雨，就那样的婉约地飘着、落着、纵情挥洒着、飞翔着。喝的是咖啡，放松的是紧张生活里的经络。雨、咖啡、音乐和劳碌的你，一幅图画。咖啡是都市里的田园、村庄，供人休憩、回味、体会，加上一些享受自我的得意。

如果真的喜欢上了下雨去喝咖啡，那就喝出个情怀吧。什么雨就喝什么口味的咖啡，更合适也更加特别。春天的雨淅淅沥沥绵绵如线，在屋里看到的春雨是断断续续的滴滴点点，似有似无的轻歌曼舞，有些许迷茫的朦胧，那就在爱尔兰的咖啡里加点白色的细糖，让咖啡有点淡淡的甜，变得柔和亲近贴心，咖啡的热气蒸腾与飘窗外的春雨的朦胧相得益彰，有了完美的契合，不喝也是有了份尽情，想冬天过去春天就如此来了吗？还是沉浸回想在冬天白雪包裹里的盛情呢？夏日大雨滂沱，雨水如注顺窗流下，水的幕帘隔绝了外面世界，你只听见瓢泼大雨的惊天动地，只知雨是如此壮阔，而你面前却摆着中国兰花瓷器碟子上面的兰花杯里的咖啡，那咖啡一定要是苦苦的蓝山才好，浓浓的苦苦到心里更记忆犹新，难得的瓢泼如注的急切如心，人生能有几回刻骨铭心，苦苦进入那个世界里，那是属于你自己的，那里面也只能有你自己。等到了冷雨敲窗时节，早已又过了一个盛夏，繁荣是没有了，就剩下追忆的黄叶在秋雨中闲落，不情愿中透出无可奈何，就静静地看着窗外吧，点一首曲子《秋日私语》，要壶意大利咖啡，银色的咖啡壶，银色的器具，自斟自饮，宁静静灵，什么都会过去，什么也许都是也许。

生活中发生的就是有理由地存在着，没有道理便是道理，于是，秋雨滴落在树叶上发出的声音，哀婉中多了乐曲夹裹着咖啡的悠扬。下吧，你轻轻地下吧，那雨，不来你也来了，走了你也就走了，就像壶里的咖啡喝完一杯还可再续，咖啡依旧咖啡，不会就此就改了性情。只要你依然想在下雨时去喝咖啡，那感觉还是在你骨子里流淌不息地奔腾着。

不知何时，走近了都市，就那样匆匆地不断迈进，好长时间都在脚步忙乱的不能自我控制，远离了青山、农舍和鲜花烂漫的村庄，都来不及回头、留恋。一时间，母亲的白发满头，自己也鬓染风霜，才在城市的角落看见了有别于中国茶的咖啡屋。如果说吃茶有家的味道，咖啡是舶来品，但那遥远的陌生的咖啡色调，浓得雅致的那份稠黏的情，就像远离了的儿时的家乡，你从那里走了，它就成了你永远的陌生，就如和遥远的陌生的咖啡，越陌生遥远就越有致命的亲切。而恰恰在有别于平常的天上下雨时，那遥远、那咖啡、那天地交融的雨才会给你个空间，成了你心青翠、幽静的家园。

去喝杯吧！下雨的时候。咖啡。

2003 年 11 月 4 日《北京晚报》

陶醉落叶

秋，一步一步地深了，一片片的树叶飘落着，飘落着就进入了冬季。但我还是想着秋天落叶的美。

叶，慢慢地、悠然地、神色坦然地飘落着，山峦上、广场里、公园内、小路旁，叶轻声俏语、温情脉脉、不惊不扰地飘落着，山坡山、荆棘中、草丛里、树盘内到处是树叶的身影，无论在何处在何方，她们都是那样顺从、依依、袅袅、适合，不争不闹、无怨无悔。叶从冬到春而夏，哪一季她们都不是主角，无雪的晶莹剔透、无花的艳丽灿烂、无果的丰满结实，她们的美仿佛就在这一季日益渐浓的秋色中才显露出来。金黄的银杏叶、橙橘的枫叶、火般的红叶、苍翠的杨树叶，还有细长眉眼的柳树叶、朴实憨厚的杏树叶。缤纷五彩、沸沸扬扬、细细簌簌，或成群结队秩序井然，或各自舞蹈独领风骚，她们飘得自然、落得妩媚。她们从树的顶端落到踏实的地面、田野、屋顶，她们纵情在从高到低的飘落中，一离开一转身一摇曳一弧线都是那样的美。她们从没想征服谁、拥有谁、吸引谁，她们就是那样自由自然地在做自己的事情，而恰恰是这样的不经意，才是秋的实质，才是秋的本色。

小城新世纪商城前的鼓楼南路，有成排的银杏树，疏密有致、高雅得体的树叶在树上像金黄的金片挺立着，富贵吉祥、安然圆满。开车而行，仿佛穿行在黄色的梦幻里，亮堂、爽朗、开阔。科技园区超前路，也是银杏树的领地，晚饭后散步到那里，赏观银杏叶，地上的一层层错落层叠，树上的一片片精神抖擞，地上地下遥相呼应，落与不落，一样的平静安详，一样的姐妹情深，一样的呼吸均匀。随手捡拾一片起来，半圆的扇面铺展而开，看似除了匀称的黄色再无其他，但确实是那黄色让自己浮想联翩，还不知道她绿是怎样，怎么就那样黄了呢？黄得老到、成熟、睿智、雍容，那黄该是绿承受了多少的风雨鞭打，又吸纳了多少的日月精华而来的呢？叶，她就那样黄黄地注视着我，而我的心也分明在这样的注视里慢慢地相通融入而颤抖着、激动着……

秋，越发地深了，忽如一夜秋雨稀稀拉拉地来临，第二天起来，凉气越发逼人。在军都度假村的停车场，大片大片的杨树叶散落在地上，卷曲平卧挺直什么样的姿态都有，禁不住在杨树叶上面走走停停，脚下不再有水泥的生硬而是绵软厚实，尽管有些湿润，走时还是能听到树叶刺刺啦啦的声响，那声音浑厚有力，像是深秋深沉含蓄的低吟。在那雨，还没有来的时候，两天前的午饭后，在军都度假村转了一圈，在人工湖的一侧，有一条曲折的石板路，路上路边柳树叶槐树叶满地都是，由于阳光的照射，叶子在地面上酥脆干爽，同样是走上去，那声音却是咯咯吱吱的清脆，用脚轻轻踢踏，叶就追赶着与自己跳跃戏耍，那声音仿佛是一路嬉闹开心的微笑声，不大也不持续，但却是那样果敢、干净、纯粹。谁说落叶无声？到地上就不是落叶了吗？谁亲近她，她才与谁絮语呢！而且那可都是知心话啊，在看尽繁华后的深秋，句句可都是济世良方、金口玉言呢。

一年一个秋季，一年一个秋天，在秋一天一天的日子里，慢慢地走、慢慢地看、慢慢地想，在今天明天后天不断的落叶中漫步穿行，扑簌簌、金闪闪、亮堂堂，直至叶全部落下，那该是何等快乐愉悦。那时，你才会由衷地说：落叶，才是整个秋色中最美的，那日日纷落层叠一起的落叶不正是一部关于秋天故事的书籍吗？落叶，就是这样纹路清晰地记录着每一个关于秋的日子。

2011 年 11 月 30 日《中国建材报》

柿子，爱在深秋

　　山前的那些柿子，在心里存了念了很久。总想让那些念想从心里跃然纸上，变成柿子的另一种形式保存起来。可经常是看着那些柿子有些茫然。哪怕是，一到秋天的每个周末都去有柿子的村庄里看柿子，但还是不知道怎么更好地安放柿子在自己心里的位置，让柿子红红的，好充分地放射出自己喜悦的温暖的光芒。

　　今秋的一个周末，想去大岭沟看登山步道。人都说自从那里修了登山步道，登山就不用再走石子路了。现在人越来越懒，登山也是要讲条件的。作为在山里长大的孩子，我更想看看那的山峦深秋后的样子，那些植被同家乡的有哪些异同。谁知到了那里，才知道已经封山了。好在，在那条沟里，还有一个破旧的小村庄，村庄的路边还有几棵柿子树，柿子正在红红地悬挂在光秃秃的树枝上。阳光很好，光线也足，柿子在阳光下红红地夺目。面对这样的柿子，没人会说不好看。几棵柿子树的路边有几户人家，柿子树后面的山峦大部分是深秋中的褐色，只有零星的几棵柳树上的黄叶还柔弱地飘摆着。在深秋，柿子是很显眼的。柿子树高高的，挂在树枝上面的柿子也是高高的。柿子在树上比在树下好看，一个、一对、一伙，那都是柿子树的安排。都说大自然鬼斧神工，柿子树也是。不管那些柿子长在树上的什么位置，最后呈献给人们的都是柿子的美。欣赏柿子大多时候是要仰头的，仰头不但能看见柿子，还能够看见柿子后面的蓝天。天蓝蓝的，干净而高远，单一而纯粹。天镜高悬，人的心一下子就亮了，蓝蓝的没有了边际。柿子没有香味，有的只是色彩。那艳丽的色彩，是柿子在深秋里的真诚。柿子从里到外通体都是柿红色的，可见柿子在深秋里的真诚是多么饱满与无可挑剔。关于柿子里外如一诚挚坦白这一点，苹果没法比，我们人类大多数也做不到。有了柿子，深秋就不净是萧条零落、冷清伤感的情绪。深秋里便有了柿红色的抚慰。风是冷清的，柿子的红色是温暖的。秋冷，大岭沟前的柿子不冷。想想，那些柿子树多亏没长在山上，不然那山真不知道是否还封得住。在村子的路边，买了 4 个大盖柿、4 个红柿。大盖柿是硬的，要经过冷冻或者脱涩才能吃；红柿就是树熟，买回去就能吃了。给了卖柿子的那位大嫂 10 元钱。大嫂说：您买一箱吧，一箱才 20 元钱。我说：我吃柿子一般，就是喜欢柿子的喜庆劲才买的，买多了不吃，那得多对不起柿子呢。

从大岭沟出来，又进了碓臼峪那条沟。那条沟里的路边以前有个依山而建的培训中心，现在挂牌一家中医医院。医院的前边有一条从碓臼峪深处流淌而来的清澈河流。把车停稳在路边。隔着马路和医院的栏杆看见院子里树上的柿子红彤彤的。就与门卫说想进去看看柿子。一个门卫阻拦，说没有正当理由。另一个门卫走过来，听说我们要看柿子，他说可以，并告诉我们今年的柿子比往年的柿子长相好。介绍的时候，他微笑着，那样子就像是介绍自己家里的柿子。在院子里的一个高台处，一棵柿子树上的柿子热闹得很，密密麻麻地集聚在枝头，一团一团的。由于柿子密集，每个柿子的个头就比较小。最喜庆的是，那密集的柿子中间有个喜鹊窝，窝边的柿子看起来还都是完好的整齐。可见那喜鹊还是很勤劳整洁而勇敢的。人说：柿子树上的鸟窝很少，因为柿子树的树枝很脆，鸟窝建在上面不安全。站在那棵柿子树下欣赏了半天，真是舍不得离开。在医院院内的另一侧还有两行柿子树，柿子树中间是一条人行步道。这两行柿子树上的柿子明显地少，稀稀落落地挂在枝头，有一种稀疏散淡之美。一位清洁工正在清扫园子里的杂物，在一丛竹子下的石台上，一个平摊的塑料袋上还摆放着一小堆烂柿子。医院把柿子当成风景伺候，可成熟的柿子时不时地掉在地上，稀烂如泥，不天天打扫也是不成的。在那里转悠了一会儿，喝了从保温壶里倒出的一杯清茶，真是爽心明目，柿子飘香啊！要不是怕那门卫说我，临走时我还想去那棵柿子树下看看那些密集的柿子。密集的柿红色集聚的虽是那些柿子，但于我心里则是那些柿红色的柔情蜜意在甜美地集聚着。

昌平西部有许多村落，村民的院里院外，或者是田间地头，都栽植着柿子树。说那里的水土适合柿子生长是一个原因，还有"柿柿"如意的祝福与喜悦的寓意也可能是另一个重要原因。流村镇、南口镇、十三陵镇、延寿镇的大部分地区都适合柿子树的生长。在过去经济贫困的年代，柿子可是每个村里或者农民各家各户重要的经济来源，自己又哪里舍得吃呢。要吃，也要等到重要节日或者是招待客人时才能够吃上柿子。现在，柿子有了两重功能：食用性、观赏性。西峰山、十三陵等西山一带的大盖柿在北京乃至全国都是非常有名的。深秋时节，在十三陵景区、流村白羊沟等地，凡是有柿子的村庄路边，都有农民在卖，那些红红的、圆润的、饱满的柿子总是能够吸引许多游人的目光和购买欲。但在农村，也有许多人家不再打柿子了。打下来，卖的价钱还抵不上雇人打柿子的工钱，就让那些柿子长在树上成为风景。自己回老家，经常走白羊沟那条路。白羊沟的沟口处就有十来棵柿子树，再往山里走经过的王家园村，那几处没人住的破旧院落里也零星有几棵柿子树。房屋破败，院墙坍塌，但院子里的柿子依然红火。可见柿子树并不挑三拣四，嫌弃山里山高路远，交通不便。嫁接在哪里，就长在哪里了。村前边有个王家园水库，库区面积不小，今年雨水充足，岸边的十来棵柿子树好像从一开始就长在水里似的，也成了今年别样的风光。每每秋天进山，喜欢看那些红红的柿子荡漾在路边。出山，回昌平，也还是喜欢看那些柿子红红地在路边飘摇。深秋时常在那条路中穿行，好像穿行在柿子用心编织好的柔软飘带中自在欢喜。心里装着柿子，柿子自然装着你。看见柿子的美，就是看见自己心底的那份美。自己的心与柿子彼此相映，映出彼此永伴美好而不知疲倦。

今秋对待柿子认真起来，就认真地踏实地吃了回柿子。先是软软的红柿，洗净，放在青花瓷碗里，再放到罗汉床上的茶桌上。坐稳，用牙齿在柿子上弄一个小口，先把里面的汤汁慢慢地吮吸出来，不能特别用力，用力过猛里面的舌头就会一同被吸出来了。我就是想看看，一个柿子里到底有几片舌头。经过仔细认真的吸食解剖，这枚柿子里面有8片舌头。同样的方法，另一晚上的另一个柿子，柿子太软了，不好捏，没吃好，大概也就4片舌头的样子。再之一晚，一个柿子里面还是8片舌头。吮吸柿子时的认真，就像小时候吮吸母亲的奶头，心无旁骛。再者，把一个大盖柿放入冰柜冻了起来。等到大雪节气的这天晚上拿出来，化了两个小时吧，柿子已经软些了，用小勺边吃边把柿子皮拨开成4瓣，中间就剩下一团圆圆的带着冰碴儿的舌头。柿子在夜晚温和的灯光下，就仿若一朵美丽的莲花盛开，真是吉祥。自己对柿子这样认真，就是想更加深入地接近柿子的本真，弄清楚柿子的原意。一切事物的表象背后，一定存在着宝贵的东西，就像一潭平静的水面，谁也不知道它到底有多深，蛟龙也许就身在其中。这也就像刚刚看到贾平凹的书里说的："男人就是男人，女人就是女人，男人与女人两极发展，这才是上帝造人的原意。男者不男，女者不女，反倒使阴阳世界看似合一，实则不平衡了。"柿子就是柿子，柿子就要在深秋做好柿子，人就要在世上做好人，各归其位，世界和谐与太平。

柿子喜欢在深秋里现身，也许是秋天与柿子的一个约定。秋天一步一步地走远，秋天把那些树叶一批一批地送走，就像送走一批一批奔赴另一个战场的兵哥哥，恋恋不舍。就在那依依不舍的深情无处诉说的时候，深秋却把早就备好的那些红红的柿子一一托举出来，从而让那满含泪水的深情一下峰回路转，破涕为笑了。兵哥哥走了，却留下了那些柿子挂在深秋的树上。那些柿子就是兵哥哥写的诗行，错落有致，上下起伏，一字一句都是温暖的微笑，都是柔软的爱抚，都是温情而又不舍的思念。

柿子永远挂在那些深秋的树上吧，把它给予深秋的爱与温暖挂起来，让人们时时能够看得见，感受得到。柿子挂在深秋的树上，就像是家里挂着自己欢喜的照片或者字画一样，看见、记得、思索、欣赏、融入。然后，人画合一。

城市的钟声

159

　　如果说城市是在每天的沉睡中苏醒，我不知道朝阳是在什么时候升起。如果说城市是一个整体，我不知道我们什么时候应该出发。因为，我们听不到任何的声音，来告诉我们现在是什么时候。有的只是城市路边的汽车喧闹声把自己从睡梦中唤醒，或者是上班的钟点证明了我们一天的开始。

　　最近，去了德国。美茵河畔的法兰克福，闲步于富丽堂皇的罗马广场，第一次听到了整点报时的钟声，钟声干净清脆，像早晨沐浴过的美茵河水；金秋 10 月，夕照灿阳、钟声悠扬里的纽伦堡更显大气雄伟，深沉肃穆。转而到了西安的市中心，古老的钟楼与鼓楼并存，在那里同样听到了钟楼的整点报时声。西安也是重要都市，繁华锦绣可想而知，但在那车流人流的声音中，钟楼的报时却一跃而出，清晰可闻。每天夜宿在西安市中心，清晨 6 点的钟声悦耳动听，一点也不觉得吵闹烦躁。相反，那个声音，仿佛心存已久，向往已久，期待已久。那个声音，是前一个小时的结束，是前一天的结束，是此时此刻所有前边的结束。那个声音，既是呼唤也是提醒，既是号召也是宣告，既是严肃也是慈爱；那个声音，不轻不重、不温不火、不高不低，总是恰到好处地在你心里游走，告诉你什么时间该做什么事。

　　我先生说，20 世纪 80 年代，他在海淀上学，每当休息他去玩耍，听到西单电信大楼的钟声，他就感觉是到了城里，有了在城市行走的快乐与对城市生活的羡慕，他说那个感觉真美！那个钟声也许默默地就成了他的希望吧。小城博物馆里有个清代的大钟，是从北七家镇收集的，那时候的大钟一响，村里的百姓就会集聚到一起，由村里主事的宣布重要事项或者部署村内事务，那时的钟声是村民步调一致行动一起的声音，不管是喜怒哀乐，还是旦夕祸福，钟声一响，就是自己与村落共生共存共荣共辱的时刻来临，那是一种看似分离却是时刻都会凝聚，都会为了正义、情感、爱恋做点什么的朴素美好本质体现的时刻来临，那时的钟声在一代又一代村民的日子里传承，直至北七家镇变成城市的一部分，钟声成为历史，而钟却被藏在了小城的博物馆里。

现实的许多城市，钟声早已销声匿迹，取而代之的是现代的广播、电视、网络，而我更喜欢城市的钟声，它可以把城市其他的噪声当当地一扫而光，每隔一个小时就扫荡一次，振奋人心凝聚力量。城市的钟声就是一座城市对时间无比的尊重与信仰，那钟声的每一次响起都是美好生活的继续或者更加美好生活的开始。

2011 年 11 月 10 日《劳动午报》

虎跳峡的摇滚

虎跳峡是金沙江的摇滚。看见虎跳峡的震天涛浪，我感觉我的生命还在。

从景区门口进去步行 30 分钟到虎跳峡，江面一直都是平缓的，偶尔有些波澜，也温顺得像女人被风吹起的刘海，调皮俏动。只是从岩壁中间开辟的石板路，以及头顶上的岩壁叫人有些毛骨悚然，对面半山腰往香格里拉方向的旅行车接二连三地移动，仿佛他们就在半空中一样。越往里走，江面越窄，水流越急，水声也越来越大，等虎跳峡面现跟前，那真是一幅摇滚的惊奇。曾经宽阔的江面到这里突然狭窄，水道的中央还有块巨石纹丝不动，所有的水流到这里突然就变了样，急迫、澎湃、翻卷、滚动、撕裂、咬合、撞击、摔打、狰狞、英雄、男人、阳刚、志气。站在高处看，无论哪股力量的水流都在那里势不可挡，嘭嘭地把内心的浑浊摔碎，一跃而起。成排成串洁白的水花怒放，那些水花旋转着震动着咆哮着嘶鸣着，管它是谁呢。那些水流在这里震撼登场、翻天覆地、脱胎换骨。走入咫尺，一栏之隔之时，那咆哮着的江浪更加凶猛，轰轰烈烈撞击着阻挡它们前行的一切，也就礁石和岩壁配与之争锋，一切树木花草等软弱的东西都不存在，谁还管你名贵不名贵，一切都会被那样的凶猛毁灭。就那样停留在它身边，直视、欣赏、默然，直至浪水溅满衣衫。在景区纳西小伙休息处讨得一板凳，坐下喝杯清茶，眼下仍然是虎跳峡那江水的生动刚劲有恃无恐。

"谁知道我们该去向何处，谁明白生命已变为何物……是否找个借口随波逐流，或是勇敢前行挣脱牢笼，我该如何存在？"

这是汪峰的摇滚歌曲，这也是摇滚的虎跳峡，虎跳峡让那些曾经看似一事无成平淡无奇的江水在剧烈的震荡喧腾中获得新生，嘹亮向前。

2012 年 11 月 2 日《劳动午报》

水韵昌平

在没有读到"女人是水做的"这句话的时候，我就在昌平西山脚下的小山村蹚着大雨后的小溪玩耍了，那水喧闹在河滩的石子儿蒿草间，顺着门前山势滩地的高低自由地流淌。我无从去追逐去跟随，那溪流就隐没消失在长满青翠庄稼的田野里。那时，我没有失望没有悲伤，只有快乐的回味与对下一次大雨的期待。直至许多年后，我的小村就再也没有见过那样的大雨，而我也像小溪消失在田野那样悄悄离开了村庄。我不知道冥冥之中是否有小溪的引领，我走向了能看到更多水源、河流的地方——昌平，生存栖息繁衍哺育。也许真的就是，不然，我怎么会在休闲度假、烦恼与忧愁的时候，总是想去水边闲待，看水流淙淙，烟雨入湖，暴雨如注。一定是水在那时给了我平息安抚宽阔坦荡的生命感受，让我能平静在那水的气息里潮湿润泽而与自己干燥阳刚的狂妄相融合，从而水天一色，心意翩翩，如雾如烟了。

久负盛名的十三陵水库，从20世纪80年代，为甘肃地区采集树子，便登高远望，水光十色，到90年代时常骑自行车环库而行，水风清爽、甘洌如醇，再到21世纪随时开车到水库兜风，四季分明、风光不同。水库的那潭水已经深深地与自己的生活紧密相连，形影不离。冬天，那里冰河封冻，银装素裹，山峦肃穆，严谨而内敛，深藏而不露；春天，那里坚冰融化，候鸟而临，天鹅飞至，山花烂漫，敞胸而抒怀，吟哦而成诗；夏天，那里潭水幽幽，碧波粼粼，渔舟唱晚，群山苍翠，丰沛而鼓胀，饱满而风骚；秋天，那里水明如镜，湛蓝辽阔，果木飘香，枫叶红染，圆润而圣洁，神满而不懈。生活中有了那潭库水，常年累月经年不息地荡漾在身边，仿佛置身在童年的摇篮里享受着母亲爱恋的节拍而甜美，这对每个昌平人来说该是一件多么美好的赐予。

温榆河是流经昌平最长的河流，从沙河水库往东共有19公里。沿着那条河流走动，一直能把那河水送到与顺义的交界处。追逐目送远远而去的温榆河，天长地长河流长长，不知道怎的会让人生出莫名的惆怅。是对河流给予沿岸人们滋润营养的感慨，还是那水流逝的无奈、往事的不归，在那一瞬间搅动出内心深处的些许疼痛？说不清楚，真的说不清楚。那味道就像诗句："大江东去，浪淘尽，千古风流人物……人间如梦，一尊还酹江月。"也罢，逝去又有何妨呢？温榆河，春天遍岸不屈的野黄花，夏日河道温馨的艳水莲，秋日湖蓝通透的水晶珠帘，冬天皑皑寒冷舞动的萧萧丝绸。哪一段哪一时的温榆河不是给人或惊心动魄或撩心动性或温暖入髓或江河如画的美好呢？河里双双对对成群的水鸟，钻进钻出戏戏耍耍的小鸭子，金灿金黄的落日辉阳，船橹摇曳的渔夫身影。一切的一切只要是在温榆河边发生的故事，又有哪一段没在温榆河明亮的记忆里呢？美好的，逝去也不会失去光泽。温榆河，你就尽情地流淌吧，流出个千年万年的响动，哪怕就是千年万年的沉默，那才是你的不朽呢！

林断山明，丛草池塘。只要是有村庄的地方，总是有这样或那样的一池碧水与其共存共生。西部的长峪城、王家园，南口的响潭，长陵的碓臼峪，阳坊的后白虎涧，哪里不是一幅水映青山翠，人稀鸟鸣啼，炊烟候日出，牧童伴西归的图画呢？那小溪在山野狭长的沟壑欢声笑语地流着，在某个特定的地方蓄积起来，再在某个特别需要的时候欢快地流出，源源不断地幻化出山村的秀丽、姑娘的淳美、山民的智慧。那池绿水含眸流盼着山樱桃花的紫嫩灿烂、野百合的红鲜怒放；吮吸着 4 月海棠的清馨、5 月槐花的喷香、6 月芍药的浓重；聆听着猫儿开春的呼唤、狗儿与主人调皮的欢腾、夫妇欢愉的羞红情话。一定会是那样的，那水，那有灵性的水，那有山与之对话缠绵跳动的水，让所有与之亲近的自然，比如长城、村落、夕阳、向日葵、蒲公英、花喜鹊等等，呈现出繁茂和谐其乐融融的溪唱山和的动人之景。那歌声一直回荡在走出山野人们的耳边，而且正传承在山川孩童咿咿呀呀的哼吟里，悠远绵长如那水地上地下的不竭，奔流无止。

"沧海隆冬也异常，小池何自暖如汤。"从明武宗朱厚照所写到乾隆所题"九华分秀"，再到现在的中国温泉之乡，小汤山温泉早就成了名扬五湖声震四海的神水了。一年四季，远道慕名者来了，左邻右舍来了，特别是每年的桃花时节，人们纷纷涌向小汤山，尽情享受那令人神驰的桃花浴。脱掉世俗的繁重，闻着桃花的芬芳，清心寡欲地进入那暖池里，沐浴着温泉的抚爱，欣喜疏散之思懒懒地弥漫在雾气蒙蒙中，渐渐升腾到缥缈仙境。那感觉就像再次回到母体，享受羊水循环往复独一无二的滋养，通体呈现舒服安稳之态。再或者，选一个月明星稀的秋日夜晚，嵌入一池温泉水，轻风吹拂，似鱼欢跃；望一轮天上月，皎洁如玉，星闪银光；饮一杯红酒，腮红意醉，娇媚楚楚。天上人间美轮美奂，谁人能不赞美这神仙般的日子呢！现在，昌平更是增添了温都水城、凤山、天龙源等多处温泉。温泉之水成了昌平水韵最温柔动情热情洋溢的部分，她既是一首歌曲重复最多人人上口的精华，又是把刚强猛烈狂躁幻化为温情柔和的利剑。有了这样的温泉水，本已山水清秀的昌平，又怎能不再增添和谐宜居之韵呢？

昌平之水天上来，奔流而过润胸怀。坦坦荡荡无所忌，但绘风韵话未来。

如花美眷赐我似水流年

十三陵与我就像是美眷在侧，让我陶醉在流水一样的年华里，滋润嫩爽，无限甜蜜。

掐指算来，认识十三陵已达42年。这是我14岁从昌平西山到昌平师范求学以后的事。这么多年我大都在昌平城区生活，而十三陵就在我的身边。昌平城区像是一座大的宅院，不断扩充、不断繁华。而十三陵则始终是昌平城区这座宅院外的一座花园，既古老又新鲜。古老的先祖墓群端庄泰然，稳固得像是十几座山峦。花园里的花花草草时常翻新，被不知道什么时候刮来的风随时翻起波痕。今年这样一片菊花海，明年那样一条桃花溪；今年这样一片苹果林，明年那样一条银杏谷。能动的都让它们动起来，舞动出斑斓的色彩；不能动的就加固起来，强化出历久弥新的光芒。上世纪80年代中后期，十三陵正式开放的就是定陵和长陵。那时，要说到哪儿玩会儿去，一准是去十三陵。十三陵可是景区啊。有山有树有水有明朝辉煌的墓地建筑，在昌平生活过的人，有谁没在十三陵景区、十三陵水库照过相呢？不记得是哪一年了，陵区内的一棵"千年铁树"开了花，自己还特地跑去欣赏了一回。记得清楚的一次就是与爱人骑车去了一个可以随便进去的陵园。古树参天，园内地上有些微弱的小草，没有什么人。我们在那里随意走走，并拍了照片。纯棉短款半袖体恤，牛仔短裤，平底黄绿呢绒带凉鞋，手臂高高举起。现在看起来，真是年轻时尚啊。当时，我们还看见两个老外坐在陵区内的树下看书。真是羡慕他们的悠闲状态。由他们坐着的椅子判断，他们肯定是开着车来的。不然那么舒适的椅子可不是自行车能够带来的呢。

年轻时候的事，记得真切的不多，大把大把的时间都用在了事业和生活的琐碎之中。身边的风景大都来不及细细品味，或者说内心根本没有在身边的风景停留的愿望。而与任何风景不经过彼此深入浅出的细声细语、耳鬓厮磨，又怎么能横生出深刻的情愫呢？

时间的指针到了 2002 年。有了私家车，这对我而言是历史性的转折。有了汽车，去哪里都方便。而去哪里最近又最方便呢？当然是昌平这座宅院外的十三陵。高兴了，去十三陵兜风；不高兴了，也去十三陵兜风。十三陵水库、陵区、七孔桥、神路这一带，树木成行，绿树成荫，空气新鲜。无论是春风的和煦、秋风的凉爽，还是夏风的黏稠、冬风的凛冽，只要被这一路的风吹着，就都像是被如花美眷的手抚摸着，不用考虑那手是冰凉的还是滚烫的，是潮湿的还是干燥的，它们都会把我带向自由、快意、舒畅、驰骋的天地中去。与风同行，或者迎风而奔，风好像又成了我快乐、兴奋的同谋，痛苦、悲伤的敌人，郁闷、彷徨的疏导者。还要怎样呢？每次这么一圈下来。风过去了，花园过去了，空气也过去了。我还在。但我好像又变成了一个新我。每当那时，风就把我像一个石子轻轻地顺着平静的水面抛出去，让我打着一圈一圈的水漂愉悦地回到昌平这座城中去，享受人间热闹而又沸腾的生活。

十三陵这座花园，柿子树一直都是壮丽妖娆的主角。5 月，蜜蜡一般黄颜色的柿子花，似众多的星星闪耀在肥硕的柿子叶中间。朋友说，在柿子盛花期后，要是赶上个大雨天，柿子树下会有一层密密麻麻的花瓣。想想那时的场景，就像是全体柿子树给脚下的土地编织的一件花色衣衫，没有华丽，只有新鲜朴素至诚爱恋的深情厚谊。到了 10 月底 11 月初，红红的柿子又似一串串的灯笼，温情脉脉地垂帘在蓝天下，任由来来往往的人们仰望，任由鸟儿们飞起飞落地随意品尝。距康陵很近的锥石口村的村民还会把成熟的柿子去皮，码放在院外的铺垫上，一天一天地看着柿子脱去水分，慢慢地泛出一层甜蜜的白霜，制成柿饼。看看，秋天就是这样饱满又是这样可以脱去水分剩下一年的精华，浓缩地缓慢地流淌到村民的心窝窝里去，这就是琼浆玉液吗。要是等到来年二三月份，再往柿子树上看，那些被风雨侵蚀、被鸟儿们吃剩下的多半个柿子皮，零零星星地摇挂着，晃晃悠悠，很是美观。谁能说人生求缺不求满不是一种至高的境界呢？

康陵，北京市最美的乡村。除了时常与朋友一起去村里吃春饼，我更喜欢顺着康陵陵园外的道路，随意散步。那条路通往陵园的后山。特别是在深冬时节，站在后山的中间地带，背依山峦，放眼望去，一派苍茫景象尽情奔涌而来。康陵、村舍、古树、柿子树、黄土地、败草、河道与很远处的十三陵水库隐约成灰沉沉白茫茫一片。坦荡、空旷、开阔、延伸，一切又好像都从自己这一点闯了出去，自己的那个小我顿时消失，一切都是自然里的一切。不是我与自然而是我们都是自然。在康陵后山山跟处还有一种植物，是我老家老峪沟地区植物图谱里所没有的。它就是小花扁担杆。花期 6 月，花淡黄色，花朵很小。如果不注意，根本看不到。它的特别之处是秋天的果实，饱满圆润的连体两半，有点像微缩版的婴儿小屁屁，只有 10 毫米左右。一束束红红的小果，挺立枝头，交错有序，经冬不落。它的果能够生存到来年枝叶繁茂，才不见它的身影。我曾采了两束把它们带回家，细心地做了一束雅致的瓶插，放到我的书房。我一有时间就摸摸那红红的小果，一直硬硬地不曾变软。这样的摸索一直持续近两年时间，它还是没有腐烂。不知道这样的相伴还有多久。小花扁担杆不是康陵独有，后来在十三陵其他山地也看到过很多。经冬不落，这个词好听又有弹性，它在小花扁担杆红红的果实上经年跳跃。小花扁担杆不是现在才有的植物，像山上那些灌木荆棘都是多少年就留存下来的，它们的祖辈也许比那些皇陵的年代还要久远。每当我站在这样的山、这样的植物面前，就是站在历史面前，冬天的荒野、况味、沧桑，春天的茂盛、新绿、蓬勃。流水似的年华，不仅是我的感慨，山峦、植物们早已知晓。它们为什么经冬不落？它们为什么经久恒远？它们为什么泰然矗立？只要是根扎得实、扎得稳，大地都会让它们生生不息、各显芳华。

从小在山区长大的我，是喜欢到高处去看看的。十三陵这座花园登高的好地方非燕子口莫属。村里那座山上有个凉亭，在十三陵景区的许多角度都能够仰望到它。前几年的春天，与朋友从山脚下，花了一个多小时的时间，登了上去。山路挺好走，全是石头铺的台阶。当我站到山顶，全景式地环顾四周，俯瞰脚下的景色，壮丽昌平，蜿蜒俊阔地坐落在大地上，皇陵、村庄、城区，铺展开去，朗朗乾坤、锦绣壮阔，生机勃勃，到处都闪耀着激情澎湃的浪花，翻涌在脚下的这片热土之上。谁不爱自己生存的地方？谁不爱自己的家乡呢？

42 年的长情诉说与彼此陪伴，十三陵这样的如花美眷对我是有恩的，它承载了我诸多深刻而复杂的情感。在它身边我度过了人生最长的一段似水流年的岁月。这该是何等的恩赐呢？

诗情温榆河

不知道什么时候遇见了温榆河，就喜欢上了那里。记得当时是夏季的 7 月阴雨天过后，开车与朋友在北七家鲁疃村的边上撞见了它，一条清澈翠绿的河流。岸边上成排成行的杨树，钻天蔽日、幽幽斑驳，微风过处树叶轻轻微微地抖动，稀稀拉拉地碎响。在树下仰望天空，不规则一块一朵的，仿佛是姑娘身上裹着的一身绿色碎花布衫遇见风不小心打开了，露出了羞涩的韵红，飘荡出神秘的情思，缕缕柔柔地坦荡展开，泛着细细密密的波纹在天上徜徉着自由着。那个时候自己的思绪也是一样地懒散四处蔓延，好像要飞上天空缥缈翱翔，也仿佛要进入河流的深处感受碧水的重压，用力击打出心底的烦闷与压抑，用生疼的神经告慰自己对生活的极度渴望与对生命的真挚疼爱。风，时有时无地飞过来；树叶，断断续续地摆动着声响，温情和煦关怀，一切都在自然的享受中贴切真实，自己的心与身边的温榆河一样就那样慢慢地流淌着走向了远方。

喜欢上，就时常惦记，时常向往，想更多地了解亲近。5 月是欲望鼓胀的季节。温榆河两边的树木泛着青翠，岸边的花草蓬勃丰茂。岸边护理河道的船家，一对农夫农妇忙碌在窝棚旁边，边上的场院有淡咖啡色的一层朦朦胧胧的东西，河里的船上有人在打捞着什么，真是新奇！问了才知道，他们是在捞鱼虫，场院晾晒的也是。自己往水里看，鱼虫有芝麻大小呈扁平状有些微红，激情澎湃的在水里翻翻滚滚地折腾，密密麻麻的。船家打捞我不知道怎样工作，但岸边有一家：母亲、儿子、孙子来水边玩耍，那中年男士在用一个细密的袋子，翻来覆去地忙活，结果那袋子是用女人高筒袜改装的，鱼虫从口进去，就别想跑了。看着他，自己也忍不住借用玩了一会儿。体会一种水边生活，兴奋的心情就如孩子般快乐。据那船家讲，他们一个月捞鱼虫收入能有一万多元，他们不是在秋季而是在 5 月就有了丰厚的收入。这是温榆河给予的，而温榆河也给予了我同样的收获，那千金难买的快活与快乐。

　　温榆河的秋天明净澄碧、清芳临流。岸边一捧一捧的黄色小菊花散落在杂草中间，野性自由舒展着它春天没有实现的梦想；河流旁边的杨树柳树拥有了一个盛夏，慢慢地把春夏的精髓收藏吸收到骨子里，叶子金黄诉说它曾经获得的幸福；河道的眼眸由夏日的蓬勃幽碧变成悠远高贵的湖蓝，它的眼睫毛也由碧绿变成黄红绿相间的鲜艳；河道里还有零星的鸭子钻进钻出戏水玩耍，那幅画真的不比九寨沟的秋天逊色。拎着一方茶桌，摆上香茗，静静默默地在岸边观赏这样美丽的温榆河。奢侈吗？欣慰吗？风韵吗？要是在深秋初冬，温榆河又是另一番景致：河水失去鬓发的遮掩与修饰，越加冷清素雅，像成熟的少妇般行止端庄、面容饱满。夕阳西下时分，天上河里两个太阳，看似没有热情没有激情的照应，其实是一种不可言状的千年万年的大融合，太阳终于落进了大地的怀抱，此情此景激动得人快要肆意流出相知的泪水。

　　"长对流光观物性，静中佳趣得天和"。常常与温榆河相会，自己成了那景色中的人吗？

2009 年 11 月 6 日《中国国门时报》

这个秋天，我在芦庄

红螺寺旁有个钟磬山庄，寺下还有个芦庄。

在钟磬山庄参加老舍文学院创作培训，我喜欢；芦庄是个村庄，我从小在农村长大，亲切。

白天在文学的殿堂上课，早晨、中午、傍晚都可以在芦庄里散步。芦庄便是人间的殿堂。当地人管红螺寺依靠的山叫北山。钟磬山庄在半山腰，芦庄在山脚下。白天的文学殿堂白云缭绕、辞藻飞渡、撩拨人心。闲暇时间里的芦庄街巷纵横、繁花盛开、狗叫鸡鸣，引诱着人在人间的烟火中穿行。

培训班 15 天，也就是说我可以与芦庄有 15 天的接触。我 14 岁从北京西部的一个小村庄走出来，进入到城市。现在每次回老家也没有连续地住过 15 天。即使可以连续住上 15 天，我也不可能满村子里头乱溜达。因为那个村庄对我而言已经不再陌生，或者说村庄里的人看见我这样在村里长大的人没事就闲溜达，我好像忍受不了那时他们的眼神。而芦庄不同。追求陌生化，是人的天性。芦庄与我就像一个似曾相识而又陌生的男人出现在眼前，我期待着究竟会有怎样的不期而然冲出来，一睹人生的另一场繁荣。要是那样，15 天对我来讲该是多么难得的一段时光啊。还是在北京最美的季节——秋天。

每天我只要有时间，就在去往芦庄的路上。决定对芦庄进行缓慢、专注而持久地观察与注视，是从我知道了身边有这样一座村庄开始。15 天是个不少的天数，想想自己天天能与芦庄接近，又没有别人，更不会有亲与不亲的人在自己身上像扫地雷一样扫来扫去的目光。悄悄地无人知晓地靠近芦庄对我来说是一种诱惑，那感觉就像青春期探访男孩、女孩身体的秘密一样，心惊肉跳而又跃跃欲试。

芦庄以葫芦而得名。第一天进芦庄就看见农家院前有长长的葫芦架，三三两两、大大小小的葫芦垂下来，街道的墙壁有葫芦画，农家院门里的葫芦也像星星一样隐隐约约地不断闪现。没人会怀疑自己的判断。芦庄穿着葫芦的外衣，葫芦就是芦庄的代名词。而这样表面经验的获得是最靠不住的。第三天清晨，村庄西头的卢士玲大姐穿着一件艳丽的花色连衣裙站在他们家门口的一缕阳光中，与她打招呼，她很热情，没有令人难受的目光审视。一来二去，话题就自然扯到了村子名字问题上。卢士玲大姐说："这村 80% 的村民都姓卢。"一句话点醒了梦中人。

芦庄藏着改名字的秘密。舔舔秘密就像舌尖舔着一点点的蜂蜜，一下一下地令人回味。

"穷奔山，富奔川。"以前那年月，一户或者几户的卢姓人家，来到了红螺寺的山脚下，看到这里山清水秀、草木花香，就依山定居下来。通过自己勤劳的双手在这里繁衍生息，最终形成了现在一个不大不小的卢庄。那时的卢庄是卢姓人的天下，外姓的人家在村里则是绝对的小门小户，说话走路都要小心翼翼的，生怕弄出不该发出的声响，惊动骚扰了卢姓人的清净。日子一天一天地过着，日子终于过到了今天。卢士玲大姐说，她们家门前以前有条河，是从北山上的珍珠泉流下来的，她女儿小的时候，她还曾在小河里给女儿洗衣服，她的爱人还能在河里游泳洗澡。那条小河就从他们门前流过。溪水晶莹、微波翻滚、卵石欢悦。而就在前些年，大姐门前的小河已经渐渐地消失，至今卢大姐门前的河水已荡然无存，只剩下蔫蔫的脏兮兮的干瘪的大石头在河床上毫无廉耻地裸露着。卢庄村子里没有了水，便缺失了许多生机。人不适应，漂亮的卢大姐再也不能在河边临流照影，喜鹊、蜜蜂还要飞出村庄去寻找水源。但人不能总在悲哀里停留，好在卢庄旁的红螺寺已是著名的旅游景点，从村子里进入景点来来往往的游人越来越多。村子里家家户户都开始搞民俗旅游。卢庄人聪明，为了留住更多的客人，也为给到卢庄游玩的人留个好念想，卢庄全民同意，把先前卢庄的卢换成了现在葫芦的芦，并号召村民广种葫芦。卢士玲大姐家门前的河道上葫芦藤蓬勃茂盛，大小不一的葫芦垂悬而下，随风荡漾。卢大姐看着那些葫芦随风荡来荡去的，总算多少找回了当年河水欢腾雀跃的美感。以前村子里的人都听着小河哗哗啦啦的水声入眠，现在他们天天守着丰乳柳腰肥臀、细眉细眼、多子多福、光滑圆润的葫芦入梦。

说起芦庄名字这件事，卢庄就比卢村好听，就比我出生的黄土洼村好听。就像大白菜听着日常，而诗经里称它为"菘"就显得诗意。车前草听着日常，诗经里称它为"芣苢"就令人充满想象。当时给卢庄起名字的那个人一定不是个俗人。我一直以为，大智慧的高手一定在民间。就像我听到的一个没念过书的农村妇人给儿女们起的名字：范云、范飞、范雨素，多么耐读耐听耐消磨。而范雨素就是我老舍文学院同学：一位女作家。

傍晚，我想继续与卢大姐闲谈，就再次见到她，她换了一身红色的衣裙。大姐说她的老公叫卢士义。我说：你们不会是近亲吧。她说从小一块玩大的，已经出了近亲的范围。就在我去别处吃晚餐回来的路上，再次遇见卢士玲大姐，她又换了一身衣裳。一天三换，可见芦庄人的观念已经很先进了。别的不说，就卢士玲大姐这衣服一天三换，要在过去，村庄里的男人、女人都不会给她好脸色，那吐沫星子就会把她淹死。

每次进芦庄，我都想走新路。15 天如果只学会走一条路，那寂寞，就该像驴拉磨一样无聊至极。驴拉磨是没有办法，人用布给它蒙上了眼睛。在秋天的芦庄，我心明眼亮。

　　进芦庄的路有几条，我研究得差不多。村东西两头有进口，村北边高速公路旁，有 3 个进口。一天经过卢士玲大姐家门口，遇见她的爱人卢士义。卢士义说："村子里的路东西就一条街，南北的路有好几条，但不是贯通着的，去哪儿都方便。"路，对卢士义来说，是他要出去，要往外走，"去哪儿都方便"。至于能够去多远，他也许从来没有认真考虑过。而芦庄里的路，对我这样一位外乡人来说，是要更清楚地知道从哪里进入，或更快捷，或更悠闲。外面的人想进来，里面的人想出去。芦庄就在这内外交错中磨炼着生存的意志。卢士玲大姐家斜对面有家山西美食家常菜。一晚，我下课后，又去芦庄探访，在那家馆子买了一碗油泼面，一瓶啤酒。油泼面 10 元一碗，油香微辣，量足正宗。吃着面，望着夕阳西下的芦庄街道行人，仿佛我已经流浪到很远的地方似的。没有人知道我是谁，我来做什么。安静、日常、放空、遐想。但我一点也不孤独，因为有芦庄在。芦庄还有个不太大的早点铺，没有名字，只是在门口竖着一块写有"早点"的牌子。我一天早上在那里吃了早点，一碗馄饨，一根油条。吃得挺美！一个村庄，有饭馆，有早点铺子，说明这个村子来往行人的流动还是比较大的，不然支撑不起一个饭馆、一个早点铺的经营。

　　芦庄，是个完整的村庄。完整，就是居住集中，各家各户之间用街巷连接起来。在芦庄行走，这一家，那一家的，家家不出几步路就到，对外乡人来说，即使黑夜在芦庄赶路，也不会有恐惧感。而在我出生的小村，从入村口开始，到出村，仅一条路，有 4 公里多长，村子里这几户，那几户，居住非常分散。完整的村庄聚气、温馨，热闹、繁华，像一块结实的大石头屹立在自然之中。分散的村落自由、野性、张扬、自我，那些分散的农舍更像是自然中的一个个鸟窝，浑然天成。

　　芦庄，大部分的村民住的都是二层楼，有的已经盖完，在迎接游客，有的正在对平房进行翻盖，准备开农家院。红螺寺对面，有个开放式市场。市场里，有卖葫芦的，卖土特产的，还有卖小孩子玩具的。有位摊煎饼的大姐叫王金荣，她家两张煎饼做了我两次的中饭。第一次吃她的煎饼，大姐说我像个文化人，她家在盖二层楼，准备开农家院，让我给起个名字。我哪里敢应承这等重要的事情。我只说：让我想一想吧。钟磬山庄后院，有些牡丹。对牡丹我介于喜欢与不喜欢之间。自从认识老家黄土洼村100多种野花草，好像对外面的花草就很少动情、或者根本就不放在眼里了。秋季，正是万物收获的季节。一日，忽然看见那些牡丹，也就看见了牡丹花的籽儿，黑黑的、油亮亮的，分两排黏着在牡丹细长的壳上，有的籽已经掉落，有的刚刚爆裂开来。其中一牡丹花壳里有20粒籽，像两排黑色的牙齿裸露着，一点也不难看，反倒很惊艳。捡拾一些回来，放在房间的玻璃杯里，时时看看，觉得那黑仿佛映射出饱满雍容华贵的牡丹身影。牡丹花开几日便凋敝，但这些籽粒倒可以长久陪伴身边，黑黑的幽光，百看不厌。第二次去吃煎饼，就告诉王大姐，说："您的农家院就叫'黑珍珠'吧。农民下地干活脸色总是黑黑的，但心地善良，能种蔬菜、粮食养家。牡丹籽就是黑色的，可好看呢。黑色是健康、善良、真诚的颜色。用不用的，您最后定。"王大姐说还不错，并说这张煎饼不要钱了。哪能呢？我付了钱，并与大姐说："我去村里玩了。"无论王大姐用不用这个名字，我都高兴。真诚里藏着的都是好东西，不真诚结出的籽都是瘪的，种在地里什么也长不出来。黑色有时比白色更白更纯洁更饱满。茉莉花的"小地雷"种子、红旱莲"芝麻大"的种子都是黑色的，它们能够繁衍出多少真诚呢？

　　一座村庄，芦庄，除了楼房、院落，没有看见大片的农田。

芦庄的村民大都已经脱离了农业的生产劳作，而转向旅游业或者出租业。我最喜欢看芦庄各家各户门前的花池子，或者是哪家不远处的一块菜园子。那里仿佛是芦庄的一扇扇窗子，升腾着村庄实实在在的烟火。有了这些烟火的存在，村庄就还是村庄。村东头，路北有个"大本营"农家院，是北京市挂牌四星级。"大本营"门前紫色耀眼的大丽花、月季花，马蔺和大黄狗，生机勃勃的，每次路过我都驻足停留。顺应超市前的花池子里的"崧"和小油菜油绿绿的，这是北方秋天的蔬菜。有的家门前还栽着小葱，有的秧着大葱；有的种着小辣椒、胡萝卜。反正不大的一条花池子，种花种菜都由着村民自己的性子来。这要在城区，花池子里大概都是城市整齐划一的花草了。芦庄村子南部的农户最幸福，虽然做农家院有些偏僻，但那里靠近山根，自家还能有个小菜园。小菜园里的韭菜、倭瓜，还有爬满栅栏的苦瓜、丝瓜，都比村庄别处的长势更富有激情。

芦庄里的苦瓜、丝瓜、倭瓜非常多，它们的花都是黄色的，三者花形差不多。苦瓜的花最小，丝瓜花比苦瓜花大一倍，倭瓜花比丝瓜花又要大上一倍不止。黄黄的花与各种长条状的瓜，在芦庄的各处藤蔓着、缠绕着、垂落着、俯卧着。后来查字典，原来这些藤蔓类的瓜都是葫芦属，与葫芦同宗同源。钟磬山庄下有一处农户菜园，丝瓜藤蔓牵牵扯扯在篱笆上。每次路过，都关注它的卷须，那些卷须就像丝瓜的心灵之手，颤颤悠悠地往长里延伸出去，有个篱笆的杆先勾搭上，有个丝瓜的茎就缠上，有个杨树的枝丫也不放过。它爬到哪缠到哪。有时候爬不到，一阵风过来，刚让它一接触一根棍状的东西，它就哧地一下勾住，微笑着展开它弹簧一样的魔爪，在丝瓜茎与那根棍之间亮出一道绿色的生命线，显示着它无可比拟的弹伸能力。葫芦类的瓜，卷须有的是。芦庄里不缺的就是这些富有生命力的卷须，一团一团地、细长细长地到处都是，把芦庄人的心勾连起来，也勾连着芦庄与外部世界的心。

城里人在芦庄租房子的不少。其中有一家，每次路过，我都多看几眼。院门紧闭，"漫客山居"几个大字在院门的正上方，是橘红的颜色。院墙上画着一幅油画，向日葵、野草、蓝天、一条河与山峦，好像画的就是芦庄风光。在阴历8月17的那天清晨，我终于遇见这家的主人：一位70岁左右的城里人。我说我是老舍文学院的学员，在这里培训，您能让我进去看看吗。文化探路。主人便让我进去了。院子里有一片整齐的菜园，旁边立着锄头、耙子、铁锨，墙上也爬着丝瓜秧。整座院落装饰自然古朴。到农村来，装饰出有文化的味道非常容易，挂点书画、摆点书，摆放点有模样的茶具。但要拿出院子大部分做菜园，这才是到农村来生活的样子，劳作、出汗、收获，从一粒种子的成长中感受乡村的四季轮回，也同时感受人生的轮回。"漫客山居"院子里的墙面上还挂着一幅油画：一片秋天的树林。这样的院落在芦庄没有炫耀，没有鄙视，只有低眉地向土地靠拢，向村民靠近。彼此融入，彼此欣赏。

在芦庄，太阳每天都是新的。越来越熟悉的、新鲜的、简单的、奢侈的，各种遇见滋润在我的心间。

一天我散步到村子南头的路上。正在忙着给苦瓜拍照。"爷爷、爷爷"，一个童稚的叫声从路东侧传来。回身一看，一位爷爷，带着两个小孙子。一个一步一颠地走着，一个由爷爷推着，走过来。看着可爱，就逗那两岁多的孩子，让他再叫声爷爷，我听听。小孩害羞，头扭过去抱住爷爷的腿。但旋即转身，用手一指南山的方向，说"杨树"。两岁多的孩子就知道了杨树。转身，爷孙离去，身后又传来"爷爷，那是榆树"的声音。爷孙的对话，就像乡村的鸟鸣一样悦耳动听。

芦庄，就是这样生动，清晨的阳光洒来，万道光芒。傍晚的夕阳落下，也没有忘了给村庄"加冕"，夜晚的星星闪耀，惊艳着农人搂着葫芦睡觉的深情软语。芦庄，每时每刻，都在正常而均匀地呼吸着。15 天里，我每每踏上芦庄的土地，脚步与心都在跳舞，顺着葫芦类的瓜们的卷须而来的风，更是时时抚摸着我的脸颊，微痒潮湿而又细腻。

　　这个秋天，我在芦庄。

爱上草莓

说实话，我从来没买过草莓。草莓，对我总是有她不多，没她不少的稀松、寡淡、平常，吃与不吃没什么不同，看与不看没什么两样，而今年却从此不同。草莓，开花时节，我赶到了，欣赏了草莓花的朴素与静美。之后，心里总是惦记着草莓成熟的样子，并一趟趟往蛋糕房、自由市场上跑，总想看看草莓散落在它处的样子，她到底给这世界带来了什么？这样彼此的往来，渐渐地就喜欢上了草莓。

草莓的好，首先是甜。对草莓的轻视，也许就出自这里。有一时期，街上的草莓大大的、红红的，就是不甜，所以就不招人待见，人们都在指责草莓变味了，大棚的就不如我们小时候吃的天然，味道纯正。而现在，种植技术提高了，草莓甜了，味道可口了，草莓自然在人心中的位置就不一般了。只要这东西一甜，得有多少人喜欢呢？看看蛋糕房，"抹茶慕斯""睡美人"的上面都有小小草莓的身姿，不是成排成队分列两边的，就是两三颗点缀在中央的，蛋糕的甜有些腻口时，来一小口草莓，那既甜又多的汁立刻缓解蛋糕的甜腻，但又把那甜不同程度地延续，仿佛男女爱恋时的小憩，热情总是高涨不行，小有起伏跌宕才有更多的情趣。再看看稻香村的点心，又有多少人不是奔着那口甜去的呢？再想想平常日子里的甜言蜜语，不管那语言来自哪里，谁人听了不是笑逐颜开呢？草莓征服众人从甜口开始，草莓可谓用心良苦，草莓尚且如此，何况我们呢？

红色，是我最喜欢的颜色，而草莓也是红色的。红色分许多种，柿子红、苹果红、枣红、灯笼红，哪个红都好看，但哪个红都跟草莓的颜色对不上，草莓的红就是自己独有的红。草莓红红得晶莹、透亮，红得细嫩、乖巧，红得既像姑娘出嫁时候的红盖头那般神秘，也像姑娘的红绣花鞋那样让人疼爱不已。草莓的红不是红旗似的随风猎猎令人鼓舞，而是小山小包丘陵起落延伸婉转山河一脉的红。草莓要是在地上匍匐，那红又似红色的玛瑙颗颗闪耀，要不采拾都不成；要是在栽培的钢架上，那红则尽情地垂落在绿枝的尽头，好像今年流行红围巾流苏尽头的红绒球，随着姑娘的步履流动飞跃，快乐生动，流荡出一条优美曲折的红线，穿越在冬日的苍茫里。以前草莓本来很平常，现在能在寒冬腊月里上市，草莓的红就格外鲜艳讨巧，既红火了外地商贩的脸，也红火了当地农民的心。红红的草莓，红红的春节，草莓能在最喜庆最红彤彤的春节里再涂抹点红色，草莓的红又谁个能比呢？真该是樱桃妒、苹果羞、草莓红得是时候啊。

喜欢一个东西容易，但要爱上，非常的难。世上万物都有其不可替代的品质，比如说常青藤的花语是感化，金边瑞香的花语是祥瑞。营养学家说：栗子长得非常像肾器官，所以栗子补肾效果最好。那草莓多像一颗心啊，草莓应该离人的内心最近，谁要是用一颗心感动另一颗心，那就是靠近、亲近、感恩、感谢，再近些就是心心相印心有灵犀了。草莓确实有着这样意义的表达。请朋友采摘去，表达的是朋友情，无论新旧；生日时送个心形草莓蛋糕，表达的是一颗心的关爱，不分彼此；把草莓用柔指送到伴侣的嘴边，表达的是人一生的爱恋，一心一意。这么说来，草莓的花语应该是祝福与爱心了呢。献上一颗草莓，呈上一份关爱，有了一份关爱，世界该多温情。草莓的可爱还不止于此，草莓最疼人的是不会藏污纳垢，不能容忍一点的瑕疵与腐坏变质，她的那份情非常的纯，纯的是此时此地；非常的真，真的无可挑剔。早了，情分不满，晚了，物是人非。草莓，要表达的就是恰如其分无可等待不可复制，这才是草莓柔骨里的傲然之气呢。不然，我怎么才会爱上她呢？

今年，世界草莓大会在北京昌平召开，草莓的祝福与爱心会在你不经意间随时走近你，甜甜的红红的。

2012 年《海内与海外》 第 2 期

与植物在一起

　　眼睛不老，心就不老。每当遇见熟悉的植物，心就安静地平稳。每当遇见不熟悉的植物，就拿手机"形色"一番。"形色"会帮助我识别它的名字。记住自己喜欢的植物名字，就仿佛自己的心又多了一些汤汤水水般的香甜。

　　3月初，老家的紫花耧斗菜、景天三七带着红晕露出了土壤，迎风而欢。9月菊也灰灰地睁开双眼，惺忪慵懒地爬起来在这春天里站队了。3月的北方，春风虽软，但寒气还是相当逼人，让爱开花的植物以及爱美丽的女人都不能真正地伸开拳脚，演练一番。3月的北方，一切都在孕育中，等待着春天的温暖融融地袭来。

　　3月，我很少离开北方。随着年龄的增长，越来越离不开自己生长的地方了，也更离不开老家的那些植物。但今年的3月不同往年，中外作家交流营要去南方，要去广东东莞观音山国家森林公园创作采风。去南方看森林，与未曾谋面的植物相遇，又与中外作家同行。有文学、有植物、有未知、有期待，又有南方的春雨。3月的温暖正向自己走来，带着植物萌发的动情。

　　登观音山国家森林公园有两种选择，可以坐公园内部观光车，也可以步行。如果步行，上山要两个半小时左右。我们去时正好赶上观音山两天都是烟雨蒙蒙、似有若无，正好适合我们北方人喜欢的凉爽。上山，我们选择坐观光车，上山的路比较曲折、坡度很大，遇到弯路又是陡坡时，开车的师傅马力给得足足的，上山就像坐吉普车一样过瘾。路的两边都是紫色的三角梅，喜庆悦人。路的里侧靠近山根，蕨类草类植物郁郁葱葱，许多叫不出名字的高大植物莽莽苍苍在雨雾中，幽深苍绿、不知边界。在细雨朦胧中，中外作家们踏上了原始森林的石板路。路上青苔密集，很是湿滑。但是眼见这些作家就像小鸟见了树林，直往上扑。正在北京语言大学读博士的埃及女作家王笑边走边用标准的中文说，她成长的地方只有沙漠，绿色都少有，更别说这样的大森林了。来自四川马尔康的女作家杨素筠，双手合十，双眼微闭对着茂密的森林虔诚祈祷。著名的维吾尔族女作家帕提古丽同与她要好的作家女朋友更是手挽着手，一路欢笑，一路诉说着遇见森林的欣喜之情。原始森林的路边植被茂盛，间或有红红的杜鹃花盛开在森林中，耀眼闪烁，格外妖媚。这些杜鹃树比北方的高多了，也水灵多了。它们挤在原始森林的茂密植被间，开心而又快乐。杜鹃花开在原始森林与开在花卉市场不可同日而语。开在山野，自由洒脱，奔放自如。杜鹃花开在原始森林，那它的性子才是真正的杜鹃花的性子。回归原始就是回归本真，这些道理，花树都懂。在原始森林里，自己还认识了一种能够吃的蕨类。同行的耿立老师说，在它茎上的小拳头还未张开的时候采摘，就可以了。能够吃的蕨类养人的肉体，能够看的杜鹃花养人的心神。一段不长的原始森林路上，就完成了一次身心修行的和谐，这都是植物给予的圣德。

观音山上有一种植物名叫垂枝红千层，红红的花，花形就像瓶刷一样，一条一条地垂落着，密集而有层次。关注此花是因为读过一位作家写过的南方的一种植物，名叫白千层。"一千层白色，一千层纯洁的心迹。"那么红千层是否也是一千层火红的心迹呢？红色是生命的颜色，是女人的好颜色，是家庭的好颜色，是学生作业本上的好颜色，是胜利的颜色，是一首歌"红布绿花朵"

里的好颜色。垂枝红千层的心迹又何止千层？垂枝红千层花期是3~9月，正好让我们遇上了。我们穿过两边布满红千层的小路走向了"三圣堂"。观音山上的"三圣堂"供奉的是儒释道三教祖师。世上学问千万般，都要找寻到出处，或来自古籍经典，或来自异域他邦，或来自父母教导，或来自生活的感悟，或来自对植物的体察。但所有的文化都会在交汇时发出应有的光亮，碰撞、摩擦、探讨、争论，最终实现去其糟粕、留下精华，各取所长、彼此尊重。在"三圣堂"学到一个道学问候的姿势，那就是用右手握住左手的拇指，两手成拳状握在一起，然后向人施礼。很喜欢这个姿势。通常说男左女右，女人用右手握住左手的拇指，女人就握住了与自己并肩而行的那个人，那个人也许是男人，也许更是自己那颗蹦蹦跳跳的红色的心，因左手离心脏更近。

观音山的森林之气无处不在。在住宿的宾馆前有十来棵高大的乔木王棕树，高近20米，树干粗壮雄伟，中下部膨大，叶子簇生于树的顶端。站在树下观望，高高在上，不可企及；站在远处欣赏，玉树临风，桀骜洒脱。王棕树下是整齐的红色和白色的杜鹃花组成的绿篱。这在我们北方人看来比较奢侈，那要是在宁夏固原这种更北方的城市，就更显华美。固原公园的绿篱是用榆树苗做的。绿篱就是绿篱，都好看，不分高低贵贱，这里仅是非常羡慕南方花草的繁荣之景而已。宾馆前还有些蒲葵、黄槐决明以及芭蕉树错落其间。那一簇芭蕉树，有许多大大的叶片，经过与一夜雨水你来我往地温存较量，叶片已经成了齿状弯下腰来，直至弯成了线条，变成了宾馆八层楼道里的两幅芭蕉图画，供人想象昨夜夜雨芭蕉的诗意。在宾馆的室外游泳池边，楼房的墙角处还有一丛翠竹，随微风随细雨飘摇着。在观音山书画院外，不巧与木瓜撞上，我们采风团的团长王嘉龙便说，女人应该多吃木瓜。木瓜树不高，站在我面前，正好与我能够对视。它的身子上结了许多的木瓜，一个接着一个地从树干的下部往上结，下面的木瓜很大了，上面还在不断开着艳丽的黄花。青色的木瓜圆圆滚滚、饱满肥硕，很像女人身子上的仙物，但木瓜却在没有任何束缚的情况下就形状极美。一边旺盛开花，一边又要旺盛结果，木瓜呈现出女人吃苦耐劳、内外兼修的美德。站在半山腰的书画院，抬头远望，四面青山玉翠，黄黄的荔枝花云雾一样弥漫，时聚时散，仿若仙境。3月，观音山国家森林公园，浓郁富饶、绿色满怀，舒畅无比。

人是最怕老的。那些植物怕了吗？观音山国家森林公园里有一个古树博物馆，是中国第一家古树博物馆。4000多年前尧舜时期的水松，2300多年前孔子时期的青檀，1600多年前三国时期的青冈，都笔直坚硬地躺在那里。每棵古树上都布满了岁月的伤痕，也结满了年轮的果实。它们老了的时候安然地倒下，悄无声息地躺在森林深处，或者秘密地随河流沉入水底，它们不在乎人知道与否，它们只知道活着就活成参天大树，死了就魂归泥土。其实，那些古树的黑褐色已经告诉人们，它们就是要最终融入大地，做土地尚好的一把肥料就可以了。站在这些千年古树面前，人们不会欢笑，只会将对生命的敬重与敬仰献给它们。那每棵古树上细细的年轮就是一部部让人经久耐读的经书，那些虫子眼就是虫子们帮助古树撰写的文字，古色古香，厚重绵长。

今年的3月，我与广东观音山国家森林公园的植物在一起。

2019 年 4 月 20 日《中国建材报》

天赐普洱，万物有灵

一

离不开茶。人在草木之间行走，与茶成为一体不可分割。即使偶尔会短暂离开，也还是会永久地回来。

天赐我美意。2020 年冬季，遇见普洱。与普洱人、普洱茶、普洱植物在普洱市的天地间相见。没有遮挡，没有阻拦，只有天空自由飘荡的白云、日夜奔喧的澜沧江水与多民族歌舞陪伴。

到海拔 1700 多米左右的景迈山，看古老茶树，这是梦里想的事情。车子蜿蜒而上，到山中部分，满山都是林中茶树、树中茶林。树高耸直立，毫无悬念地追着天往上长。林下台地茶像绿色缎带一样一条一条地顺着山势整齐飘舞。车子继续前行。山顶部分才是大平掌古茶林。原来以为古茶树会很高。其实，古茶树生长极其缓慢，一棵 500 年左右的古茶树的树干，我单臂能够围拢过来，树高有 4 米左右。拍拍树干，坚硬如石，震得我手都有些疼，心里却艳羡它 500 年来的坚硬。它的树皮很薄，一点翘皮都没有，一定是山里的雨水云雾常年像恋人一样按摩它的皮肤之故。古树上毛茸茸的绿色苔藓在枝丫处成堆，爬行的蕨类挺立在树干上，或者抖动在它根系的空中。树上银色的苔藓大大小小紧贴着树皮，像北方石头上的黄色地衣一样，非常具有年代感。在我老家的北方小山村，百年核桃树、冷海棠树都算是树中的老者了，而在普洱景迈山，随便站在一棵古茶树前，你便会闻到百年、千年前风起云涌中古茶树的味道，那味道远古幽亮、静水深流。仿佛看见茶树苗在林中破土而出的神圣清灵之气扑鼻而来，又仿佛听到古茶树正在缓慢地诵经，把它500年来日月星辰中永不衰竭苍老的独门秘籍字斟句酌地倾诉给这个世界。我在哪里？我已在普洱景迈山，我已在身外的世界之中了。

翁基布朗古村落风景秀丽，像一颗质朴的珍珠挂在景迈山上的山腰。88户人家300多人组成的村落，被周围的古树掩映环绕。这一群环绕村落的古树就是界线。里面是村民居住的地方，外面是树木居住的地方。翁基布朗族人敬畏村外的树木就像敬畏神灵，他们认为树木的生命和自己的生命一样珍贵。这个时节，沿着古村落的石板路走走，清爽宜心、清亮透明。有的人家正在户外晾晒茶花，一筐箩挨着一筐箩，一朵朵小茶花甜甜地滚着或躺着，嫩白中扑闪着金黄的花蕊。茶花的香气幽幽散发，顺着街道和天空自由而去，与远山那些缭绕的白云结伴而行，行走林中。一姑娘叫而丙，在开放的茶室，给我们泡茶。茶室用具同城里的茶室没有什么区别。区别就是茶室里的茶全是当地的一手古树茶、生态茶，还有窗外自然舒适的茶山风景。《云南日报》文化生活部王永刚主任说：你喜欢喝茶，可以尝尝普洱茶的老黄片。老黄片是老树上的老叶子，要煮着喝才好。就冲着这几个"老"字，还能够在北方寒冷的冬天煮着喝。要是赶在大雪天，煮上多枚老黄片，看着这些老黄片在茶壶里翻滚如云，热气腾腾，茶香四溢，该是多么生动的北国冬日图画呢。"而丙，有老黄片吗？""有啊。"给而丙地址，而丙就给我快递回北方的家了。

景迈山是茶山，到处都是茶香。"奉祖家园"里泡茶的傣族女孩，叫玉掌门。一双玉手，温持盖碗，一碗普洱生茶，几杯琼浆玉液。空空的玻璃公道杯，停放在茶台上冷却。闻香。一遍有花香，二遍兰花香，三遍是景迈山的兰花香。真是好闻。曾看到距今 3500 多万年的景谷宽叶木兰化石上的图片，树叶肥厚、黑褐油亮。没想到一片叶子能够汲取那么多营养，竟蕴藏着兰花的香气。这倒提醒我们，走到自然美景中、走到植物面前，只能说带香气的话、赞美的话，那样美景更美，植物也会越长越好。北京昌平盛产苹果，一到冬天，我的书房每天都会摆放两个大红苹果。推门进去，满屋苹果香气。直至苹果果香快要失去，才更换新的进来。夏天，还会采些牡荆做插花。自己虽不能像蜜蜂那样酿出甜美的荆花蜜，但却能时时吮吸牡荆的山野气，提醒自己也是家乡山里的一株植物而已。这回好了，我要把普洱古树茶摆在桌边，时时闻闻，兴许还能闻出更独特的味道来也未可知。

二

　　普洱市思茅区有个公园：洗马河。离我们刚到普洱住的宾馆很近。看看天气好，就穿上红裙子溜达出去。下午近 4 点，阳光明媚。在公园边上，开口请一位 20 多岁少数民族女孩给我拍照，她欣然接受。摆了几个姿势，拍了 3 张。姑娘微笑离去。洗马河是个水库公园。远山、水光、绿色自然如画。水库大坝下方有个小广场。广场边上有许多蔬菜小畦。我顺着台阶而下，看见一位劳作的妇女。与她聊了几句。她不太会讲普通话。大概是她女儿住在思茅区，她从乡下来，闲着没事帮女儿侍弄这些蔬菜。还有几家的蔬菜地也在这里。第二天早餐后，又去那个小广场，遇到两位正在把新鲜蔬菜打成捆的农妇。问她们是去街上卖吗，她们说是。新鲜的小白菜 2 角钱一捆。水库公园美不胜收。而我就喜欢这些大城市中边边角角的地方，仿佛这里才是大城市的底色。

水库大坝的尽头有一株大大的朱槿，盛开着满树艳艳的大红花，时时映照着农妇们的身影，赞美着她们不急不躁、一把土一棵苗耐心而又愉悦地栽培着自己的生活。

天赐普洱。普洱的气候好，雨水充沛，万物蓬茂。每到用餐的时候，普洱人对我说的最多的话是：多吃些蔬菜，这都是从地里刚刚采回来的。几片芭蕉叶做的桌布上，一盘蕨菜缠缠绕绕绿如翡翠。一盘茶叶摊鸡蛋，鸡蛋里的茶叶就像化石般平展地刻在里面。一小箩放着十来个椰子糯米饭包，白白净净的一团糯米被一双巧手用椰子叶折叠成长方形真是别致，打开进食，唇齿留香，不忍下咽。普洱人珍视大地上养育的一草一木，无论做什么都愿意保持它们的原汁原味。一盆茴香蔬菜汤，只放盐和水。蔬菜到了餐桌上就像游在水里那么舒心，没有一点委屈。在李宪兰佤族织锦非遗文化博物馆外，一只母鸡用咕咕咕的叫声呼唤儿女，身后的一群小鸡听到妈妈的喊声，兴奋地跑到母鸡的脚下啄食食物。这样的画面在北京已经几十年不见了。儿时，母鸡孵蛋，就在老家的里屋炕上。我能随时观察它们的动向。小鸡破壳而出的精彩瞬间，在我幼小的心灵里不知埋下了怎样的温暖。宁洱哈尼族彝族自治县温泉村的村民更可爱，她们把一个个鸡蛋染红给鸡蛋过节，美名叫"哈尼红蛋节"。普洱市还有个"大芦山青菜节"。你一堆，我一堆，你一伙，我一群，大大小小的蔬菜都来街市过节。做普洱的一棵蔬菜都是那样美。普洱人敬拜自然就像位诗人，让一菜一蔬一花一叶都享有尊贵。

普洱花多，多得数不胜数。行道树火焰花，火一样的花朵高举在树顶，到处都是，到处燃情。橘红色的炮仗花，一串一串的，攀援缠绕，随处可见。澜沧拉祜族自治县竹塘乡云山村的村民爱戴中国工程院院士朱有勇扶贫团队，在路边用炮仗花做画框，把宣传他们事迹的宣传栏围起来，真花、真植物、真心，表达着拉祜族人民的一片深情厚谊。村民刘里保种植冬季土豆10亩左右，一亩收入八九千元。他用种土豆的钱供养两个孩子上学已经不成问题。看他憨憨黝黑的脸上的微笑就如炮仗花一样腼腆而灿烂。噼噼啪啪，雨打芭蕉，南国的雨先落到大大的芭蕉叶片上，热闹一番后才肯坐着滑梯出出溜溜滴落入泥。羡慕那一片芭蕉叶，等待着那一场风雨之欢。哗啦一声，哗啦两声，眼前远处的芭蕉树有花片掉落。走近西盟佤族自治县档案局院内墙角处的几株芭蕉树，抬眼一看，芭蕉花，暗紫的花苞倒垂着，一株还有一片花瓣开放着，露出花瓣与大花苞之间的花蕊。捡起刚刚掉落的几片花瓣，用手摸摸，肥厚厚肉嘟嘟的。闻闻有淡淡的花香。叶子、果实、花、树，对芭蕉总算有了较为完整的了解。

采风团到那柯里已是暮色时分。带着月光到荣发客栈参观，月影斑驳中一棵桂花、几株大丽花还在开着。院外潺潺的溪水哗啦哗啦地流淌着，路边马厩里一公一母的骏马扑闪着大眼睛正在说着属于它们的私密话。星光在前方黑色的夜里忽明忽暗，叙说着这夜色中古村落的神秘与向往。普洱作家李梦薇发了两张图片在朋友圈。一只瓢虫，背部花纹颜色如孔雀蓝，艳丽夺目。一只肚子艳紫明黄，腿脚细长，头部似龙的蜘蛛。两只动物，长相非凡，深不可测。它们在古树林里结网、生存、繁衍，说不定也有百年、千年的历史了。

花花草草树木、动物人物微生物、高山大川浅流，谁也离不开谁，相互依存，荣辱共生。天赐普洱，普洱的大地上从古至今众生繁荣。

三

"阿哥阿妹情意长，好像那流水日夜响。流水也会有时尽，阿哥啊永远在我身旁。"一曲《芦笙恋歌》把发生在澜沧拉祜族自治县老达保村阿哥阿妹的故事唱得柔情万种，万古流芳。

普洱歌曲动人,普洱人的名字也动人如歌。傣族女孩玉掌门,"玉"字代表排行老二,"掌"字代表她的属相是大象,"门"字才是她的名字。澜沧江,又叫"南兰章",傣语的意思是百万大象繁衍的河流。拉祜族女人娜布,种植了100多亩小粒咖啡。她的名字中,"娜"代表女孩,"布"代表她是清晨鸡叫时出生的,是宣布、告知的意思。普洱人起名字都与自然有关,听起来脑子里立刻会被一幅生动的画面所感染。如若把她们名字拉长了用轻柔声音喊出,是不是一支小曲呢?

杨娜体今年10岁,是拉祜族老达保村的一位女孩,现在读5年级。她母亲是村子里的党支部书记彭娜儿。彭娜儿说,她还有一个儿子,在昆明读大学。她平时为村里忙前忙后,自己家开的民宿都无时间打理。女儿放学后就自动帮助妈妈铺床单,打扫卫生。采访时,听说此事,就让彭娜儿书记把女儿喊来。我特别想见见这位乖巧的小丫头。小丫头还没现身,我们已经到吃晚饭的时候了。晚饭时,在河边饭厅的一角看见了她。我走近与她两个人靠在角落里,聊着她的事。杨娜体大方健谈,她说她跟母亲演出到过2次北京,还到过1次上海。她见的世面不少,普通话也讲得好。而我只在14岁之前的6岁那年出过一次山,随母亲到80公里外的北京人民医院看望病重的三哥。杨娜体写过一篇作文,30分满分,她得了28分。作文的内容,她一字一句地给我叙述着:她长大了,想当明星,唱歌跳舞。结果真的当上了。回到村里后,看见她家的院子外,修了停车场、池塘,池塘里还有小鱼在跳,池塘边上都是各种鲜花。我与她在那时刻成了无话不说的朋友。她向我吐露心扉:她说她非常想在昆明的哥哥。我知道,她除了想念她哥哥,一定还向往哥哥所生活的那个世界。我们俩迅速达成一致。在我的建议下,杨娜体登上当天夜晚在老达保村舞台上的诗歌晚会,自己打鼓,自己演唱。让我们台下的作家们欣赏到了她演唱的天赋。女人们无论多老,心里永远住着一个小女孩,属于自己的、属于挚爱的、属于母亲的小女孩。小女孩是一个干净透明而又纯真的世界。

西盟县街道的道路上有一句诗："人类童年——西盟佤部落。"

2021 年 7 月 22 日《新华书目报》

用身体阅读身体

　　近一段时间，住在亚运村。宽60米、长3.7千米的奥林匹克公园中轴景观大道，位于北京中轴线的北端。站在景观大道中间，宽朗疏阔，舒展空旷，隐约能看见南边远处的钟楼。景观大道两侧有许多雕塑，掩映在绿树花丛中。鸟巢附近有一座叫《晨妆》的雕塑。一位少女在一个伴有鸟鸣的清晨，眉目惺忪，坐起仰头，手臂缠绕，临镜梳妆。饱满丰盈的乳房、瓷实健硕的臀部，一款似有若无的丝绸般的缎带像薄雾缭绕于肩。裸体而妆，她陶醉在自己生命的一个清晨，赞美着自己生命的美好。这样的雕塑，没有淫邪，没有羞怯和退缩，没有苦闷与困惑。秋天，银杏叶黄黄时，遇见她，动了心。冬天，树叶落尽时，又去看她，她依然貌美如故。以后的日月，一有机会，我定会再去看她。她唤起了我心中的少女之情，她也可能就是许多年前18岁的我呢。1984年10月，我满18岁。那年月，没有这样的身体出现在眼前，没有关于欣赏自己身体的一点点提示。外部世界对自己做到了密不透风，我错失了在美妙的年华欣赏自己身体的机会。18岁，要是遇见《晨妆》中的她，该有多好呢。有时候，沉寂的身体确实需要阅读另一个身体并被她唤醒。一位女伴，她单身10年后，到了50岁，遇见了她刻骨铭心的爱，千般缠绵缱绻、万般无与伦比。她说，要是自己少女时遇见他就好了，她会毫不犹豫地宝剑赠英雄，一剑定终身。经历过，才知道什么是俊俏好看，什么是量身定做，什么是性命攸关。女伴说，她的身体仿佛有许多开关，都被他的爱不断地打开。每打开一次，她都仿佛获得了一次重生。重生的身体被金色的光芒照耀着，闪现出新春的红润稚嫩，她又要甜蜜地再次地生长了。她通过对方体验并看见了以前未曾看见的自己。原来自己还可以这样翻手为云覆手为雨，还可以肆无忌惮地给爱的人起各种名字，用那些名字实打实地蹂躏折磨爱抚他的精神与肉体，生出百变的他，更是生出百变的自己。阅读不同的身体，获得不同的认知。谁也别说谁了解谁，自己都不了解自己哪松哪紧、哪痛哪痒，哪里能承受千斤、哪里又不能忍受一丁点的轻薄。所有的未知的沉睡着的谜团，都得到了那个真人面前才能破解。而这些也许才是刚刚掀起自己身体整座山峦的一角，以后的道路艰辛且漫长。谁能说一次、几次的阅读与实践就能勘测到储量丰沛的油田呢？

　　一遍一遍审视手机存储的《晨妆》照片。她总是那么挺括骄傲、安稳淡定、悠然心会，她的昨夜可是有着美梦意犹未尽？可是有着密切的向往得到了满足？可是有一场兴趣盎然的谈话今天晚上再叙？也许就是为了她昨天收到了一份大学录取通知书，或者只是吃了昨晚母亲做的一个她特别爱吃的热猪蹄。无论怎样，从她热情洋溢的身体中，我读到了春天、露珠、玫瑰，以及林中风啸、山间松吼、树梢上的鸟鸣、地下蚯蚓的蠕动、蚂蚁在老核桃树上跑上爬下的欢唱。哦，我今年也是 18 岁吗？即使我不是 18 岁，享受生命、欣赏自己，哪里又有年龄的限制呢？

　　我的身体不断生长，时刻都在通往阅读的路上。

　　我分享她的快乐、她的隐痛、她的泪水。欣赏她的野性、她的开阔、她的放纵。我的身体，在哪一个阶段，我都不能够完全地阅读并了解她。在任何一个阶段她都会有深深的一部分仍然处于沉睡之中，等待着另一个身体的开拓与挖掘。我的年龄段是穿

195

插交错发生的，而不是通常意义上的一年一年的累加，儿童、少女、青年、中年、老年这样的排列。

　　到了知天命的年龄。去新华书店买了《好学快用毛笔填廓本》《学生永字八法毛笔字帖》，都是颜真卿的楷书。还在网上买了米字格的书法练习纸，每天用1个小时，一笔一画地练习写毛笔字，重新学习认识每一个汉字。而这些不是少儿时代应该做的事情吗？认真、专注地运笔，努力记忆横竖撇捺的写法，仔细地分析每个字的结构。练习每个字的时候，每个字好像都是另一个身体进入我的视野，它的躯体横平竖直，它的目光严肃规矩，它有生命的体温和热度。那些字俨然是我少女时代的老师站在我的身边，不厌其烦地、和蔼亲切地让我走进它的世界。"夫"字是男老师，那一捺几乎占据了米字格整个的右下边，支撑着整个字的身体。"风"字是女教师，女教师的一头长发随着笔顺在得意扬扬地飘舞。每每写出一个漂亮完整的毛笔字，自己的快乐天真无邪，恰似回到少年时。"龙飞凤舞"是我18岁做教师的一次记忆标识。那一年，工作之余，自己照着一张报纸上的这几个字，也不知道是什么体的书法作品，在其他废旧报纸上无数次勤奋练习，最终用这几个字参加了学校组织的书法比赛，还拿了个名次。现在再温习这几个字，藏在身体里的18岁慢慢苏醒，似乎马上就要喷薄欲出。

　　不知道从哪一年开始，花草植被闯入我的生活，阅读植物成为我生命的重要组成部分。山丹丹生长在北京高山地区。山丹丹蒜瓣大的球根，大多在地下30厘米左右的土壤中。山丹丹，6月开花，秋天结果。果实片状，一片一片密集在果壳中。深秋果壳自然炸裂，种子随风飘出。每年春季，都会在我的花园各处看见山丹丹的幼苗破土而出。自然洒落，自然生长。总是奇怪，一颗单薄的种子，依附在地表浅层，怎么多年以后山丹丹的球根就跑到地层深处去了呢。买了一本《植物百科》，方才得知，山丹丹只要把根扎下，就会同时长出收缩根，收缩根在伸长之前会增粗，它会慢慢地用力地把周围的土壤推开，形成一条通道，保护着球根缓慢而不受伤害地向地层深处扎去。知道山丹丹这样一个秘密，让我兴奋不已。男女之间的情爱也是如此呢。一对男女相恋，喜结良缘，身体的日日亲密把彼此合二为一，他们的身体就会像山丹丹一样长出属于他们自己的收缩根，无论遇到多少困难坎坷，他们的收缩根都会神奇地发挥开拓挖掘拨云见雾般的作用。不是你，就是我；不是男，就是女；为爱用力伸缩、披荆斩棘，为爱的心形球根打开未知的更为广阔的道路，直往彼此灵魂全方位的深处扎下去。根基稳固，相爱的花朵才会像山丹丹花儿那样水灵红润、临风飘摇。对山丹丹身体仔细认真地阅读，特别是它隐藏不露的部分，让我与山丹丹成为心意相通的知己，对它充满尊敬。山丹丹的球根在地下挺进缓慢，10 年，也就离地面 30 厘米左右。缓慢，并没有耽误任何事情。磨蹭，让爱的分量越发浓重。山丹丹隐藏的收缩根以及它艳丽丰润的外表证明，在爱的世界里，缓慢就是在细微处无限地谨慎而精确，朦胧而明晰地解决一分一毫的问题。缓慢就是琼浆玉液，陈年老酒，饮者皆醉。缓慢就是爱在自己的道路中快速前行。无论日月如何苍老，爱的收缩根都会让所有的日子年年新、月月新、日日新。

　　对周边世界充满好奇，寻找能够让眼睛闪现光亮的事物，是我对自己阅读的要求。《大国匠作——走向新时代的工艺美术》在中国非遗展馆举行。进到展厅，就像进入了一座宝藏，一件一件地惊叹感慨，一件一件地慢嚼细品。每一件都撩人心魄，都热烈地与自己摩擦碰撞着，并发出叮叮当当各种各样的异响。那时自己特别想做只鸟，优雅地在展品间穿梭，并想发出各种不同的鸣叫。最喜欢名字叫《瓣儿》的一组陶瓷制品。3 件洁白的陶瓷圆环，内壁分别生长着牡丹、荷花、菊花瓣儿。360 度环生于壁的白色花瓣儿，精巧灵活、鲜活生动。仿佛把自己带到了一个春有牡丹、夏有莲荷、秋有霜菊、冬有白雪的清朗世界，又仿佛打开了每个生命体向内而生、鲜花繁盛、生机盎然的大幕，继而是每个生命体活色生香的生活场景与画面。一轮一轮、一圈一圈的美好日月，被设计师慢慢地、一片一片地精雕细琢出来。设计师该是怎样的精灵，寻找到人与这个世界勾连的话语。说来，我与牡丹有些缘分。在老家我的花园里，大都是山里的野花草。一年，朋友说送我两棵牡丹。10月中旬，取回栽上。来年，5月中旬，两朵紫红雍容的牡丹，仪态端庄、紫气缭绕、色冠满园。牡丹，这个花园里来的外乡人，得到了满园子花儿们的尊敬。天天与牡丹相伴，整个5月我的心里牡丹成了主角，以至于在后来的岁月中对牡丹一直情意绵绵。家乡的9月菊，春天早早萌发，耐着性子不急不躁，一直到10月才慢慢地盛开，为村里的花事收尾。我说它是拖得住往事的花。今年，昌平滨河公园里的荷花特别多，多不是铺天盖地，而是在哪里散步都有荷花相伴随。在揽月桥附近还第一次看到了白色的荷花，宽大的荷叶上拥抱着掉落的白色花瓣，嫩嫩的软软的，散发着柔丽的白色光芒。《瓣儿》的作者把这3种花瓣雕刻在环形的陶瓷壁上，让我怦然心动，仿佛自己身体的某个隐秘部位也跟随着抽搐腾跃起来。

　　3件陶瓷制品，也让我想起树木的年轮。每年贴近上一年年轮的地方，那是春天走来的颜色，木黄浅浅，越往后的夏天、秋天，木质的颜色越来越深，直至深到今年的年轮结束。原来两个年轮之间的木质书页是在记录一年四季的冷暖呢。年轮，一道深刻的印痕，那是树木爱这个世界的证明。而我爱这个世界和这个世界里的人的见证在哪里呢？我也想深深地刻画，用力再用力些，用情再用情些。如果把人生的长河比喻成一条时光的隧道，我也愿在这隧道的内壁360度不断栽种不断培育各色鲜花，用无数的有生命力的鲜花拥抱挚爱之人之生活，像树木那样让自己的隧道内壁一日一日、一月一月雕刻出时光的年轮，让她弹跳有力、收放自如、驰骋沃野。我也许早就这样做了，只是见证人必须是另一个有着同等能力雕刻自己年轮的身体。

英国女作家戴安娜·阿西尔 89 岁创作出版了《暮色将尽》一书，她用回忆的方式，讲述了她"特立独行"的大半生。阿西尔是英国知名编辑，76 岁退休后开始文学创作。可能是由于写作时她的年事已高。她特别坦诚幽默认真地写出了她的"开放式关系，衰老带来的性欲减退，以及每日都更迫近的死亡阴影"。科斯塔奖评委评价此书："一部堪称完美的回忆录——坦率、细腻、迷人，毫不自怜或多愁善感，最重要的是文笔相当优美。"阿西尔，在年轻时经历过两段浪漫的爱情，之后她便确立了独身主义的生活方式。她说："我对男人没有期待。唯有独处时，我才真正感到完整。"当然，她后来依然会谈恋爱，也有与爱情不沾边的情感。她说："它们几乎都令人兴致勃勃，但'没有一次走到足以伤害我的程度'。"阿西尔说直至近 70 岁，她性的"消退期结束，我也不再想要了。"阅读阿西尔的文字，就像是一位优雅从容的暮年女性在同自己絮絮叨叨地聊天，聊她的工作，她的家庭，她爱怎样的男人，如何看待性。听她叙述，一惊一乍、一波三折、起起伏伏，有时会惊艳，有时会开心、有时又很安静。这样一位女人，叙述她 90% 的人生，真实、亲切、温暖、透明、掏心掏肺、光明磊落，酸甜苦辣咸、五味俱全。她是一位完整的女人，她用自己的身体告诉每一位读者"让自己好好地成长，也让自己好好地变老"。

阿西尔在做编辑时曾与众多著名作家有过合作，其中就有法国女作家西蒙娜·德·波伏瓦。波伏瓦创作的《第二性》被旗帜鲜明地视为早期女性主义的奠基者。2022 年年底北京师范大学文学院教授、博士生导师张莉老师出版了《我看见无数的她》一书，书中最后的尾声留给了《成为自己，在男女关系之外——传记〈成为波伏瓦〉》，张莉老师在文章中说："之所以要讲《成为波伏瓦》这本书，在于《成为波伏瓦》还原了波伏瓦和萨特的复杂关系，还原了波伏瓦的复杂性。在这本书里面波伏瓦是不断生长的深具主体性的女性形象。"在谈到波伏瓦情感问题时，张莉老师说："此前我们会认为萨特和波伏瓦的关系里，萨特是主导，但读了这本书我们会发现，他们之间的关系是势均力敌的。在他们所构建的开放关系里，两个人都可以有别人。这本书让人看到了一个特别强悍、特别有激情的波伏瓦，她一生都在努力爱这个世界。书中提到了她的情人朗兹曼，比她要小十多岁，应该说是'年下恋'了。当时波伏瓦快五十岁了，男人才三十多岁，但他们冲破了很多障碍相爱了。在书中会看到波伏瓦对这些情感的珍视。这让读者深深地认识到，波伏瓦是有血有肉有情意的人。"事实上波伏瓦和萨特的亲密关系存在了51年。波伏瓦的一生不保守，不排斥身体的欲望，不断地通过爱人爱生活，打开自己，终生保持积极的艺术创作状态，张莉老师说："正是这种主体性让波伏瓦在男女关系之外成为了她自己。"

聆听阿西尔，阅读波伏瓦。她们都是非常值得尊重的智慧女性。她们是能够给人带来自我认知和觉醒的人。如果说，在我20岁、30岁，遇到这样这两位作家。我有现在的认知和理解力吗？我很庆幸我现在的遇到，不早不晚，刚刚好。

我们都有属于自己身体。但除了自己的身体之外，还有许多热血昂扬的身体存在于自己的周围。自己的身体，需要通过许多身体的反馈，来证实确认滋养润泽自己的生命。母女、兄妹、夫妻、恋人、同事，植物花草、飞鸟走兽，只要自己身体发出欲望的渴求，自己就会同它们发生各种触碰，疏密繁杂、多姿多彩，有时候，还乱象横生、缠绕不清。如此多变的周身世界，我们在其中被锻造、提炼、折磨、收获、前行，痛苦也是快乐，幸福也是哀伤，沉默也是诉说，宣言里也装着胆怯，脆弱里也深藏果敢，英勇也不是毫不顾忌，奋斗也不是把琴弦永远拉满，孤独的鲜花也能如幽兰香满山谷。

　　喜欢独处，但我不喜欢成为孤独的自己。我离不开除了自己之外那身体的温热。阅读他们是我的乐趣。互为阅读是我们的乐趣。自始至终他们是他们，我还是我。但我最终被他们所成全，这是我人生莫大的幸福。

陷落在风景中

　　无论陷落在哪里，我都会一眼瞄准那里的一棵树、一枝花或者一个大大的蜘蛛网。它们伴随着我陷落在活生生的现实生活当中。在昌平小城生活30多年，我记不住柴米油盐的价格走势，也记不住自己穿的最贵的衣服是多少钱，却总是记得楼前那一排超过6层楼高的杨树，昌平电视台老台院子里春天的榆叶梅，几只从十三陵水库带着冰碴款款飞起的白天鹅。我还会每年都盼着老家的杏花准时开放，因为那时母亲会准时坐在院子外的石台上，望着她依恋而又喜悦的山村。无论何时何地，我的周围都没有缺少过这样的风景。

　　买了件岩灰的床单，铺在床上，就像老家的山睡在村庄里稳稳当当岿然屹立。岩石的颜色，白灰相间，相互晕染，你中有我，我中有你。自己睡在上面就像老家的岩石缝隙里嵌着的一株独根草，5月初它开着淡粉色的花，独自俏丽；秋天它又会是一枚大大的红叶，依旧独自火红。

　　我住的畅椿阁小区，出门5分钟的路，就到滨河公园。逢人便想说滨河公园周围的房子最好。如果有闲，公园便像是自己家的园子一样，随意地走来走去。嫩黄的柳枝摇摇摆摆，池水里粉嫩荷花冉冉生香，不管是什么来路的各色花等争相竞放在一年的时日里，滨河公园就像是枚闪闪夺目的胸针别在松软的大地上起伏着。冬日去滨河公园看雪。洁白的雪铺在公园的各个角落，树枝、草丛、房子上都被雪覆盖着，什么样的白色衣服也不能够有这样的铺排。更大更喜悦的洁白只会属于冬天，有雪之洁白的好日子。在雪中只有一弯两弯的流水似在结冰与无结冰之间挡住了雪的脚步。走进细看，结冰的部分显露着各个冰块之间的脉络，原来水结冰也是有计划有预谋地一块一块地推进着。后来在一部讲述木器的书上看到一种木窗的格子叫冰凌纹。人就是聪明，总是能够把自己喜欢的风景带到自己的眼前来，日日地看，夜夜地想。在弯弯的曲水边，有一丛芦苇。大大小小的芦花纷纷都被雪压得弯下腰来。最高最大的那个芦花，被一捧雪压得最低，深深地陷落在雪的秉持中都快与地面接上头了。雪丝毫不见放松的劲头，却眼见它颤悠悠神情自得地享受着压迫与占有的快感。鸟就不如雪会玩，鸟只会在芦苇秆上出出溜溜地上下移动，还自以为是地不断抖动着尾巴上的那点小机灵，而芦花的繁密之处它是怎么着也进不去的。

本性不喜欢扎堆热闹，别人热闹的繁华处，总是没有我。滨河公园靠北边的部分景色极佳，少人、水面宽阔，还有野趣。过了东关沃尔玛超市往东的那个桥往北，水面上的荷花面积大，还有个弯折曲回的木桥伸向水面。荷花开时伸向水面的木桥一下子就能让人的身心都探过去，置身在荷花世界中。比起鲜艳的荷花，我更喜欢干荷，脱去水分的荷叶、莲蓬，纷纷东倒西歪在泥塘里。明明是枯枝败叶，自己却能感知到它们夏日里非凡的光华。它们不想让人一眼看透又不惧被人遗忘的样子别有风骨。也许它们与那水也有过纷争、吵闹，但最终水际无形，而剩下有形的它们。一次去桃峪口那边的山里玩，遇见池边堆弃着许多废掉的干荷，如获至宝，挑挑拣拣弄了许多。大大的荷叶各种造型、长短莲蓬随意挑选。可是满足了自己对拥有干荷的愿望。要知道，没有船只没有采莲人，谁会给咱们献上来这么多自然的宠儿呢。至今家里那些干荷都是我常年的桌上清供，看着眉眼舒展、心气都顺。滨河公园北面部分，还有荆条、杏树、刺儿玫，这些都是构成公园野趣的符号。昌平这座北方小城，阳春三月满山满沟都是杏花。而七月荆花开的时候，十三陵水库环路、白羊沟到禾子涧等多条山路都香气野辣，后味浓重，蜜蜂们的叫声嗡嗡成一片。花开一季的刺儿玫也是山里少有的玫瑰品种，香气要比月季浓郁很多。能在公园里栽种这些植物，真的是与自然越贴越近，而不都是城市常见花草花拳绣腿般总是那样没有辨识度地秀着，忘了自己关于家乡的故事。

喜欢一个词：护城河。多么水灵，富有诗意。水边浣纱、谈情、眺望。好像面对水比面对天空的想象更有抓手似的，水在你眼前不断流淌，流向了一个未知而又神秘的远方。十三陵水库就在昌平小城的身边。读昌平师范时，与我最要好的女同学骑自行车偶尔会到水库大坝上去玩。18岁毕业时，还在大坝上留下了我们俩青春的倩影。谈恋爱时，穿着黄色的超短裙坐在男友自行车的横梁上，在水库路还曾被交警拦下，说不能够这样骑车带人。等有了私家车，去水库就成了家常便饭。一年四季的水库风景中，我从未缺席。与闺蜜、与朋友、与自己的孤独和喜悦，随时随地、说走就走到水库去。在水库的岸边，散步、吃饭、喝酒，谈天说地、谈情说爱。一次，朋友车的后轮胎掉进了水库岸边正在植树的树坑。朋友见状不慌不忙，往那坑里放上几块石头，再去发动车，三番两次，车就从树坑里咆哮着出来了。看着朋友处理问题的坦然、平静与从容，真有水的质感。2008年，我还带领东小口镇的青年，参加了水库路10公里的长走健身活动，等到达终点，我们这支小队伍的身后都没有人了。走在最后又如何呢？水库的一汪澄澈见证了一位不太年轻的女人勇于挑战的本性就足够了。水库边，还是拍照的极好背景，自己都不知道在那里拍了多少照片。有别人给自己拍的，有我拍别人的。秋日里，一群小学生面水而坐，一位年轻的女老师正在教学生们画画。红黄泼染的远山、波光粼粼的秋水，孩童们在认真地勾画着自己心中的秋天，这样的照片该有多么生动呢？我与水库交往密集。我会时常想念它、依恋它，它不会被我忽视，它已经淙淙地流进我的心里。女人是不是水做的不要紧，关键是她的心钵里能够时刻滋生出水并能够被水盈满，而水库的水总是能给予我这样的鼓励。每当我身心水分不足，我就自然而然会到水库边去。昌平的白浮泉公园正在建设，等到十三陵水库、滨河公园、白浮泉、京杭大运河这条水道贯通了，昌平小城又长又宽、泛着碧波的"护城河"就该有模样了。

看见山高，人的心也便跟着往高处跳动。人的心里就预谋着，只不定哪天就会登上去，就得登上去。要是有可能，人的心是要到天上逛一逛的。昌平小城附近，有几个登山点。蟒山森林公园上的天池是个蓄能电站。一池碧水，被厚实严密的蓄在山顶之上，银花花的光亮不断闪耀。寻一两处山峦瞭望，昌平小城、十三陵水库以及周边的景观尽收眼底。如果是与恋人前后相拥而立，再伸开双臂，真似电影大片摇动镜头般的美感。白浮泉龙山山顶也很好，在上面可以远眺滨河公园的宽阔，还有那些翻飞翱翔在南环大桥上空的白鹭。如果你肯拿出两个小时的时间，就从燕子口村底爬上燕子口山顶的那个小亭子，可以俯瞰十三陵大地上大小不一的帝王陵寝在眼前旋转，历史的尘烟便会瞬间在自己的脚下风起云涌。在昌平电视台工作时，曾到昌平电信大楼、新世纪商城的楼顶，拍过政府街东西、鼓楼南北大街的全景。现在这两处的建筑还在，只是电信大楼楼顶上的钟声已经不响了。有些山水、植物可以以静态方式存储于记忆深处，而那些响亮清脆的钟声又该怎样储存才能永葆本色呢？

喜欢陷落到风景中去，也喜欢自己成为一道风景被喜爱的人陷落着。有一段时间，喜欢喝咖啡。开车到亚运村的花舍去喝比利时壶煮的巴西咖啡，听《秋日私语》，任由窗外来来往往的人流走动，你根本不想知道今天是哪年哪月，只想伴着音乐沉浸到自己不着边际的思绪中去。我轻轻地来了，我会轻轻地走吗？我走了的时候会像落叶一样静美无声无息吗？50年不遇的大雪洋洋洒洒下了一夜，与朋友相约，穿着探路者的棉裤，踏着没过脚面快到小腿肚子的积雪，去南环路边上的满屋咖啡去喝摩卡，互诉衷肠。彼此的心是纯洁的，彼此的愉悦也是纯洁的，仿佛皑皑白雪能够净化掉世间所有的污浊，让彼此此时此刻得到一杯咖啡里浓稠着的宁静。大自然的神来之笔，便也会在彼此的心里描摹出 50 年不见的图画。每次去咖啡馆我都会在衣着上讲究一番，或洁白一身，或黑白分明，或纯色火红，或绿意盎然，特别不想辜负自己对咖啡的一片深情，也希望自己能够成为风景中的一个小小点缀。

与风景一同陷落，是诗意的，就像春天的小鸟穿梭在树枝间，翻飞腾跃忽隐忽现，只要它高兴，就会不时地把春天里它周围的一切拨动一番。也如喜鹊在四季的风景里从没有停止过它美丽的叫声，天天喳喳着喜悦着天真着，就像个孩子似的。

人是离不开风景的。陷落在风景中，愿意与风景相依相偎，不离不弃，人的心才会无论何时何地都稳妥如一棵粗壮大树，一枝摇百枝摇而树却依然挺立，但树与那些百枝千枝却又是甜蜜的不可分割的整体。

这就是风景中的我和我的生活。

2021 年 3 月 21 日《中国艺术报》

风景的世界，我的世界

后 记

　　我的后背有个胎记，横着黑黑的一道，有一个食指那么长，两个食指那么宽。我给胎记起的名字是"北营"。北营是黄土洼村的一个极小自然村，由韩姓的4户人家组成。

　　生在黄土洼村，我就只能属于这个村庄了。我到过德国、韩国，匆匆走过，他们与我没有产生任何亲密的关联。而对黄土洼村里的一切，我都是熟悉的，喜欢的。在这个村里，我就像鸟儿一般自由自在，也像天空中的云朵无拘无束无章无法无门无派，只管随心而飘而动而哭而笑。

　　我的这本书，也只能必须送给我的村庄了。

　　文学，是我身体上长出的一双翅膀，它让我的身体和灵魂能够飞翔、盘旋，俯瞰这个美好的世界。文学，也像我身体长出的鸟儿般的羽毛，把寒冷、冰冻、雨雪、雷电都挡在外面，让自己的心把那些磨难看成了风景。文学，也像鸟儿的叫声，一次鸣叫就是一篇文章的诞生；一次婉转的歌唱，就是一篇抒情诗文写作的成功。文学，我没办法不爱你呢！

　　文学，是我最长情的伴侣，爱你爱到底吧！

　　在文学的路上，我遇到很多同行之人，有老师、有长者、有朋友、有学生、有父母、有兄妹、有爱人、有儿子。他们不断指给我方向，不断给予我鼓励。每每在坚持不下去的时候，总是会遇到一个人、一本书、一朵花、一棵树、一条河流、一座青山，他们就又都会成为我坚持下去的勇气和力量。

2019 年秋，我参加了北京老舍文学院散文高研班的学习。这是我写作的一个重要转折点，好像彩虹找到了畅饮之水的源泉，自己的文学创作进入到一个新的领域。思路开阔了，眼界提高了，情感自然了，生活平实了，与泥土与芳香与鲜活更接近了。这本散文集正是我的文学变化之路的体现。感谢北京老舍文学院的培养！

我的世界是村庄给的，我的风景是世界给的。我在这世界、这风景、这村庄中生活着。我爱这世界、这风景、这村庄中的一切。

2024 年 7 月